后浪

新大陆

童末 著

四川文艺出版社

目　录

洞穴

　　战争终于结束了。消息传来的时候，刚进入夏天，她正在院子里刷着那匹马。人们哭着，笑着，把帽子抛向天空。回家，他们说。他们排活下来的只有八个人。他们第二天要去坐闷罐车，离开这里。他们归心似箭。

　　晚上，他们宰了马。那匹马已经瘦得脱样了。他们还是吃了。她的指甲里还留着它的鬃毛里淌下又干了的泥渣。战争结束了，马没用了。不等走出这山区，它就会死在路上。

　　她还活着。本来，她已经做好了随时赴死的准备。她躺在女通信兵的屋子里，这里如今只剩了她一个。房间里有一种污秽的腥臭味，是战争的味道，她想。虱子狠狠地咬着她的脚踝，她没有动。她体会着血涌入她的胃里，在那里跳动。几个月来，她头一次有了吃饱的感觉。她睡着了。

　　她做了一个梦。梦里，淑琴来找她。淑琴的脸上是两个黑洞，她说，没有人好好埋她，乌鸦吃掉了她的眼睛。说着话，淑琴慢慢靠过来，像是融化在她身上。她脸色蜡黄，像最后得病期间的样子。她说，月娥，我想回家。于是她背起淑琴，往屋外走去。夜幕低垂，草地奇怪地闪着来自白天的光。淑琴趴在她的背上，没有重量，也没有声息。她们走上草地。草地化作了一片河滩，河水漫过来，淹没河岸，冰凉地爬上她的膝盖。就在那时她醒了过来。她跑到屋外，把马肉都吐了出来。好几个月的饥饿之后，这顿饭对她来说实在太多了。

早晨，云雾堆在山坳里，空气阴沉潮湿。他们出发了。她不再穿军装，换上自己唯一的一身衣服。她拿了手枪、几发子弹、刀、一袋小米、一袋燕麦。再没别的了。他们沿着山路走。途中，她从一个死去的女人脚上拿走一双鞋。她自己的鞋几个星期前就磨破了。接近傍晚时，他们翻过最后一个山头，看见了县城。他们从山上看向河谷里的小城。人们正从四面八方涌来：山上下来，顺着河来，从河边的树林里钻出来。河谷，山脊：大地荒凉的褶皱。人像蚂蚁一样爬满这些褶皱。灾难剥去了他们的表情，留下石头一样僵硬的五官。他们走着，把不能播种的田地抛在背后。哪里有吃的就去哪里。一刻不停地走，有时半路就得更换方向。走陆路，走水路，睡着时梦见丰饶的故乡，梦见收容所里的菜冒着热气。大地上到处是流民，是草芥一样被连根拔起的人。那些走不到第二天的人，跌落在路边，水沟里。夭折的婴儿被父母埋在稻田里，母亲的乳房还肿胀着，就又上路了。战争结束了，还有洪涝、疟疾、土匪……苦难在大地上连绵不绝。

夜里没有月亮。他们找到了火车。黑暗里，它像一头铁片和朽木拼凑成的怪物，蹲在枕木上。他们爬进车厢，里面也是一片漆黑。她踩到了一个人，又一个，便左右挪动着脚步小心地往里去。地上似乎躺满了人，时不时响起老鼠一样的窸窣声。她和战友走散了，又剩一个人了。她终于找到了一小块可以坐的地方，把头靠在仍旧温热的车身上，闭起眼睛。又一个溽热的夜晚。饥饿和疲累让她像其他人一样，不想说话。

后半夜的时候，她在靠近车厢门的地方躺下。那里时不时有一点风，吹散靠近地面更污浊的空气。她睡不着。她估摸着眼下的状况，她要想一想将来。不用打仗了，她感到高兴。她被卷入了两场战争，四年，又四年，剩下一具越来越轻的躯壳。当初入伍时，她还小。那时，她走投无路，任何有口饭吃的地方，她都会去的。

在那条江的后面，是遮住地平线的山。在它们之间，有一条狭长的平原。那是她来的地方。现在她闭起眼睛，还能勾勒出那个村子的模样。那间屋子就在河道拐弯的地方。她的父亲坐在里头沉默地嘬着旱烟，母亲在哭。还有她的大姐和两个哥哥，在最后的那些日子里，他们没有再看过她一眼。

她对战争抱着一种期待：让她彻底忘记过去。她不再说方言，渐渐习惯了行军，打仗，在炮火阵阵的壕沟里操控那些通信设备。她学着像面前的机器发出的一条条信息那样理解所发生的事情——用地图上的小旗帜，数字，移动的战线。但不是这样。她记得的是一次次具体的死，战友的、敌人的，就在她鼻尖底下，在挨着皮肤的空气里。她感到下一次就会轮到她；有几次，她以为自己已经死了。然而她存活了下来。掏空了，但还活着，她不再知道自己是谁。也许这正是她所期盼的。只是在一些夜里，当虚空笼罩住她，宁静中的疯狂敲击着她，那些线在脑子里即将绷断时，她允许痛苦对她说话。她依傍着那份久远的痛苦，让它告诉她，她曾经是谁。

她在那间屋子里长大。她是最小的女儿，受尽疼爱。原初的爱，无条件的爱。她不知道，厄运的种子往往就埋在爱里，当她后来用同样的方式爱一个男人，那个来村里教书的外乡人，当他们在山上躺下，当她因为爱而触犯了禁忌。……她的肚子大了。他俩被绑去祠堂，跪在全族人面前。族长像一只鹫蹲在高处，宣判裁决的结果。那是一份很长的判决。族长提到这个村的姓氏的由来，提到族谱上的先祖，提到漫长的历史如何像脚下的土地一样孕育繁衍全族，大树扎根在土地之下，她的家庭只是树上的一根枝条。她看见族长的声音像铅雨一样落下，打在她的家人身上，她看见他们的脑袋无声地垂下，没有看过她一眼。她的男人被永远地驱逐出了村庄。他们把她绑上石块，装到竹笼里。船到江心时，她请求他们停一会儿。她回头看去。岸上空无一人。

她感到有东西在嗅着她。她睁开眼睛，是一头狼。她去摸腰上的手枪。它的眼神退缩了，她看见它的肚皮上垂下干瘪的奶头。一头母狼。山上能吃的都被人吃光了。野狼一向避开人，它却下山来了。它快不行了，她想。她犹豫了。天色即将破晓，它似乎也感觉到，要来不及了。它竖起毛，眼里闪过绝望来临时的杀机。

听到枪声，几个人醒了。他们来看那倒在血泊里的狼。她扭过头去。她不去看。地上响起呜呜的叫声。一头狼崽在血泊四周转着圈，嗅着。之前她怎么没有看到它？她跳下车厢，走，走啊，她朝它叫起来，赶它走。狼崽跳进了树林。她的眼前腾起一片烟雾，久久不散。她原以为，她的眼泪已经干了。

她在一片浑浊中下沉。一切都变暗了。浪头推着她，把她送去河底。她一动不动地任由河流摆布她，抽走她的气力。直到一个瞬间，在什么也没有、什么也不会再出现的时刻，一股新的力量出现了，叫醒了她。那把刀她一直紧紧攥在手心里的，它还在，是船上那个她并不认识的男青年偷偷塞给她的。她像野兽一般在河水和泥沙当中开始挣扎，终于用它割断了坠着石头的麻绳。竹笼带着她升了上去，她又看见了太阳。

她爬到岸上，肚子剧烈地抽搐起来。她的身下一片血红——是那个还没有成形的生命。她看着鲜血渗入土地。来吧，最后的一次分离。

她活了下来。很虚弱，但还活着：这是一种预兆。她停止了哭泣。她沿着河岸走了好久。几天还是几个月，她忘记了。她只记得她的悲伤和愤怒化成了某种尖锐的东西，把她磨得粗糙、坚硬。她下定决心活下去。像个孤儿一样活下去。这就是她的命运，她看见了。她用一切办法求生：乞讨，偷窃，用最快的速度把东西塞到嘴里。之后的驱逐和痛打也无法阻止她。她不靠近男人。如果男人身边有女人，有孩子，她会走过去。一些女人会怜悯地看着她，向她招手，给她点什么，一个馒头，一口水，告诉她一个地名。看见她，她们也许想起了自己的女儿、姐妹。女人总是牵挂着别人，女人总是心软，她想。然后招来厄运。

　　火车终于开动了，非常缓慢，但两侧的山谷确实动了起来。它停住时，人们就不得不跳下车，推着它走上几里地，它才重新跑起来。很多铁轨被炸掉了，或是在战役的前后被故意毁坏；靠近煤田、铁矿的地方，又在连夜抢修新线路。他们的火车开开停停，到走不动的地方，人们弃车而行，背着行囊靠两条腿走。路上有荒弃的农舍、兵工厂，只要是有个棚顶遮雨挡风的地方，就进去睡一会儿。他们几个的子弹都换了干粮，很快又吃光了。

　　走了几天几夜，还是在山里。夜里，山变得巨大，落下沉重的黑影。他们又爬上了一列火车。车轮声撞击着山谷，黑暗里飞起一阵不知什么东西发出的啸叫。她并不害怕这些声音和黑影，还有什么能比她自己的命运更可怕？它赤裸着，在暗中和她对峙。她用同样赤裸的目光回看它。灾星，这是她这样的女人在村里的名字。她知道它怎么写：水，和火。两样遭到土地的诅咒的东西。她的长相在这几年里也随之改变：原本饱满的脸颊凹陷了，一层薄薄的皮贴在颧骨上，嘴角绷紧。

　　天上有飞机的隆隆声。人们惊恐地站起来，竖起耳朵。车厢里响起孩子惊吓的哭声。又要打仗了，人们喃喃着，重复着，又有人说，那是去解放大城市的飞机，快到城市了。人们惴惴不安。终于有一天，山变矮了，人们看见了一望无际的平原。火车终于停了。

　　石城是北方最早解放的大城市，胜利的旗帜仍然飘荡在火车站上空。难民像乌鸦一样从车站奔入街道，向着收容所移动。她跟着潮水一样的人流往前拱，涌进坍塌的城

·

墙。街上有很多军人，张贴着"建设新石城"的标语。商店开张了，房屋和围墙上到处都是炮火轰炸过的痕迹。她被来自前后左右的一股股力推着，不得不跑了起来。

收容所里已经挤满了附近村庄的难民。同她一块儿下车的几个战友说，附近有一间接济难民的小教堂。她便跟他们一块儿走。教堂被炸掉了一个角，残缺的雕花玻璃窗上贴着防雨的塑料膜，在平原上无所遮挡的风沙里哗啦作响。他们加入了一条不见首尾的领救济餐的队伍，往前一点点挪动脚步。时间到了，窗子打开，每人一碗煮白菜汤，两个豆渣窝窝头。

最后下车的这几个战友要继续往北方走。他们的老家在更靠北的农村，挨着边境。那里犯瘟疫，很多人跑出了国境线。说着说着，他们陷入了忧虑和沉默。其中有个喜欢她的男孩，比她大两岁。他悄悄问她，要不要跟他一起继续走，有个照应。她摇了摇头。她要留在这个城市，她可以在教堂帮忙。她不想再走了。

她在教堂住下，帮忙记账和采购救济物。有一个女孩和她交好，是本地人。空袭来时，她跟邻居的孩子在外面扒野菜，她的家人在逃往防空洞的时候没躲过炸弹。那是日本人来的时候的事了，那时她才十岁。是保禄神父收留了她。她很少笑，笑起来的样子让她想起淑琴。

第二年秋天，她二十六岁了。她听说附近的县城里有一个矿区，那里要恢复生产。新政府派来了考察小组，发现了当年敌方进行了一半的采掘工作，还有一些在炮火中幸存下来的设备。当通信兵时的经验给了她一份矿上的工作。她所在的小组负责用通信设备勘探和传递生产信号，指导矿井作业。

她离开教堂，搬去了矿区。她和其他第一批招工的人接受了头一个星期的培训。培训结束后，专家小组留下两个人，在实地作业开始后做现场指导。其中一位专家是个老头，是个考古方面的专家。他提到矿场的下方可能有个古代的都城。培训最后一天，部队举行了一个简单的欢送宴。那个专家正好坐在她的旁边。

从那个专家的口里，她听说了一块汉代就有的领土，叫常山国。它的边界时有变化，但都城核心地带的遗址很可能就在矿场所处的山区。说完，专家开始专心吃饭，一言不发。直到吃饱，他才抹了抹嘴，开始给她讲常山国的故事。这些故事夹着不少朝代、书名和人名，她听得懵懵懂懂。她只记住了其中的一个故事。

古代的洞穴都是用来修道的地方。有那么一个人，跟着他的师父司马某某，进了常山石室。石室里有一个石匣，师父让他守着，嘱咐他千万不要打开。他天天守着石匣，却一心惦念着家里。有一天，他忍不住打开了石匣。石匣里显出他的家，他看见他的母亲和父亲，正一如往常，屋前屋后地忙着，容貌和神情栩栩如生。他想到这很可能是个梦，便凑近了仔细瞧。眼前的一切并没有退去，还是一样的真切。他越看越觉得悲伤。他的师父知道了这件事，便赶他走，后来还是留下了他。一晃几年过去，有一天，师父让他守石室里的一个铜匣。这一次，他还是违背了师父的嘱托，打开铜匣，再次见到了他的父母。就这样，这个人最后也没能得道。

矿区的伙食不错，下井的工人能吃饱，也能讨到老婆。逃难的农民，失业的工人，都来了。平巷和隧道是之前日本人就建好了的，国家等着用煤，未遭破坏的矿区经过一番勘察之后，火速开工了。

工作像稳定的钟摆，给她带来巨大的安全感。她平日就在调度室里，在那台磁石式电话交换机上工作，负责和地下工作面的通信。她有时能看见那个考古专家在矿区溜达，似乎还没有任何关于常山国的发现。和她交好的女孩有一次来看她，她带着男朋友，他们的身后还有一个男人，是给她介绍的对象。那人后来单独来看过她几次，他的木讷倒是让她觉得可靠。

那天快下班的时候，六号硐室报告下面的防爆电话机坏了，让她处理一下。按照流程，她应该报告给检修队，但她在培训班的时候也学过简单维修，手边工具齐全，加上她一向不习惯仰赖别人，便提起工具箱就往工作区去了。

这一天是秋分。她就出生在秋分那天的下半夜，取名月娥。她往井口走去时，太阳正在落下，云层被猩红的斜光统摄，静静地烧着。那晚霞呵，那天的月娥看到了。

她点亮电石灯，往地腹深处走去。煤尘在她面前的光束中飞舞，工装上结满汗碱的矿工一个个走进那片光亮，又消失在她身后。他们的面孔和眼睛乌黑，在下班的钟声中，才像从这四壁的黑暗中重新变成了活物。她拐了个弯，又走了一段路，经过一片废弃的旧盘区和巷道之间的石墙，想着六号硐室应该就快到了。地震就在这时发生了。她的身后迸出几声巨响，天摇地动。手里的灯晃荡着倒下时，她看见身后的窑顶整片地塌下来，一阵卷着沙石的飓风把她掀翻在地。

一线闪电似的白光在眼皮下掠过，让她睁了眼。四周的黑密密实实，不见一丝缝隙。她的脑子一片空白，突然响起一个字眼，是她老家方言的骂人话。还活着。她的呼吸像消失了一般平静。手和脚还在，好像还能动。她发现自己俯卧在地上。她试着站起来，磕到头顶的枕木。她张开左臂，接着右臂，摸向四周，估测着周身可以活动的范围。倒下的几块枕木恰巧错落着撑起了一个空间。她被堵在了里面。

在地腹的深处，这个最后留给她的地方，时间好像停止了。在她的上面，在煤层、砂岩、地下水、泥岩、页岩，石灰岩，最后一层泥土的上面，是空气，是世界。那里，时间继续走着。时间在这里仍将运作，它将一点点地夺去她的意识、身体、呼吸。

她闻到煤灰和尘土的味道。一种没有任何气味的气味，苍白，冷漠，是一个人要死的时候会闻到的味道。她意识到，此时此刻，她并没有活着。她只是还没有死去。不管如何，终点是唯一的。她突然不再恐惧。她的意识涣散，呼吸平静。她的整个存在将消失在这黑暗里。她等待着那匍匐在黑暗某处的东西来接纳她，和她汇合。她期盼着快一点，让她直奔终点而去。

这时她听到了水声。一开始她以为是和白光一样的幻觉。但确实是水滴的声音，远远地，在黑暗的某处。她仔细听。她左右转动着身体来辨认水声的方向。之后，她朝着那个方向慢慢伸出手臂，像是那里有一簇小小的火苗——那是她最后的意识之光，是此刻返回到她身体里的，对存活的最后一丝渴望。

就在紧挨着她的黑暗中，有一个刚好容下她的圆形洞口。

她撑住洞口，匍匐着向深处去。她身上突出的地方，膝盖、手肘、手掌、肩头，疯狂地磕碰着四周嶙峋的石壁。她感到一阵阵的刺疼，闻到血的味道，但她并没有停下来，她爬着，大口地喘息着，膝盖努力地往前挪动。她发觉地势在升高，自己正在沿着一面往高处伸去的斜坡爬。她更快地前进。不知过了多久，空气湿润了起来，尖锐物似乎消失了，手掌下的四壁变得光滑潮湿。这空气和她所记得的不同，但她感到她可以用汗毛呼吸，深沉而平静地呼，吸——呼，吸。然后，她可以直起膝盖了，不一会儿，她甚至直起了腰。就在这时，她停了下来。她再次伸出手臂和手掌去感觉、丈量。她发现自己身处在一个不算小的洞穴中。

一滴温热的水珠跌落向她。她惊叫了一声，引起了一阵金色的涟漪。一种从未有过的感觉将她一把抱住，把她变小了。在过去噩梦般的八年里，她再没有体会过这种幸福。说话声就在这时传至她的耳畔，像一个人在水底听到的世界，模模糊糊，有点变形，却是她能够辨认的语言。木推车做好了。这是她听见的第一句话。是大哥在说话。随后，一阵脚步声向她围过来。真漂亮啊，是大姐的声音。快给我们的月娥瞧瞧。她的母亲在说话，在叫她：月娥，快来——

她膝盖一软，跪在地上。她蒙住脸哭泣起来。

温热的水波包裹住她。洞穴开始摇晃起来。一阵荡漾托起她，地面远离了，她蜷缩在水中。她感到洞穴在缩小，变软，像一个水泡一样亲密地随着她而晃动。她在水中展开躯体，缓慢地旋转。她发现粗糙而僵硬的身体变得柔软、细嫩、松弛。一种节奏开始跳动，一下，又一下，像一面小鼓有力地敲着，灌入她的心脏。被割断的世界又抓住了她，和她相连。这一次，她没有挣扎。那节奏开始加快，洞穴一下下地随之缩紧，她倒悬着，被一个力量吸住。洞穴在最后一阵强烈的挤压中裂开，她看到一条麻绳一样的东西缠绕着她。她抓住它，在她丧失所有的记忆之前，她顺着透明的河道跃入一片巨大的照耀。

2016.8

干将莫邪之女

十二岁之前，我不知道自己的身世。

我养在官宦人家，自小衣食无忧。八月的一天，父母到我的厢房，身后跟着一个穿布衣的男孩。我的目光落向他，犹如穿过一面镜子，我看见一切对称之物的秘密。

他跪倒在我父母面前，声音却竖立："双亲已亡，约期至，吾今携令妹报仇，盼诺。"

在据说是我出生时种下的松树旁，他告诉了我父母的名字：干将，莫邪。那年，楚王怀孕三年的妃子诞下一块良金，夜里荧荧有光。楚王连夜派人送来良金，要父亲用它铸一把上好的剑，助他平定天下。铸剑到第三年，父亲愁眉不展。太白星出，模具已正，金锡调和，火候得当，师傅欧冶子传下的手艺未失，可每每炉火从黑浊转为黄白最后成一片纯青，剑总是不成。哪里不对？他想不出来。即将临盆的母亲也是剑匠后人。她那时的肚子已经异常地大，双脉有力而对称地鼓搏着。她走到枯坐的父亲身后，告诉他，剑与人无异，天出其精，地出其形。此剑自性具足，需待它自愿肯出，剑才成。

"然旧时有一法，或可一试……"

母亲吞下最后的话。满脸愁容的父亲并没有看到，炉火背后，母亲脸色煞白。

夜半，哥哥和我刚刚坠地，接生婆把脐带剪断，母亲便纵身跳入火中。

连绵沉郁的雷声在空中鼓搏。双剑诞下，一雄一雌。

楚王横暴，父亲不愿相助。他去献雌剑那天，知道自己活不过当天。他走到摇篮边，把雄剑的藏身之处悄悄吐露给我们。宫中的一个谋士猜中了雄剑的存在。楚王当即用雌剑砍下父亲的头，悬在城门口。

讲到此处，他停下，折断一束松枝，问我，你记得吗，母亲腹中温暖开阔，像春天的池水。降生之前，我俩便能知晓一切。从我们还只是两股微弱的精气开始，父母便整日和我们说话，像来不及似的，告诉我们铸剑的秘密，上古剑师们的配方。我俩的回答是翻身，或用手腿和脑袋敲打母亲的肚皮。

我站在松下，好似夏日午后独自醒来，在日光的大手中，不知自己身在何方。

他像猜中了我的心事，领我到堂前的第一根松木廊柱前。他用斧头劈开柱子，取出雄剑。

我的眉心突觉疼痛欲裂，像被一把细小的利剑劈开，温热的血汩汩而出。

伸手摸去，那里却什么都没有。

哥哥背起雄剑，望着我。

那天，走出黑漆大门，我问哥哥的名字。

眉间尺。

我呢？

眉间尺。

自此之后，我俩分享同一个角色，活成同一个人。

只是，我在暗处。后来，当哥哥的头颅被楚王扔进沸水中，我在殿外隐匿着，等待着。静寂中，我听到一个声音，它说，勿悲。它说，利刃断一切物。它说，视剑，勿视死。还在母亲腹中时，我就听见过这个声音，那是剑师先祖们的声音。那一刻，我的血奔突不停，像猛兽抓挠。当剑光落地，汤镬中的撕咬夺走所有人的注视，我化为一条影子，从屏帐后潜入大殿，滑进楚后寝宫，打开藏剑的暗室。

那一天，雌雄二剑从楚王的宫殿中，从故事之中，消失了。没人知道它们的下落，正如没人知道我。

干将，莫邪，眉间尺，楚王，义士……角色们化为乌有。我尘缘未尽，换着一个又一个名字，仍在这世上颠转。

我喜欢看窑火。日轮西移，霞光轰洒，吴地小镇的山头上栖着七座龙窑。龙窑头低尾高，烧了一天的倒焰用最后的气力往高处拔，那赫赫的火光自窑顶冲出，像七条火龙，燔灼四方。只见那天上地下一片通红，似是天上的窑工锻烁着人间。慢慢天光流陷，火焰显得愈加明亮，天边飞出的岁星在摆荡的火舌上空也黯淡了，好像虚空中泄出的一整片光明都被窑眼吸了进去。顷刻间，黑整个儿掉了下来。小镇上，高高低低的窗口亮起了灯，儿童还在黑暗中奔跑，互相叫喊着，交错的声音画出巷道和河流的形状。

母亲们走到屋檐下，向那团漆黑叫着自家孩子的名字。一串脚板从仍然温热的窑顶撤下，浑身滋出的热汗渐渐风干。

余热一直要到深夜才从我身上退去。那热，像是从我自己的肚子里烧起来的，炙着血，攻着心，舔遍五脏六腑。它很沉，从四面挤压着皮肤，身上像扛着千斤的麻袋。从窑里出来透口气，脑子还是懵的，像浇了半锅油，糊住了。早年间，镇上"烧窑的"很多，还有外地来的。现在很多人病了，归乡了，或是不愿干了。还剩我们几个，都是本地窑工的后代。我家三代烧窑，从小我就窑里窑外地钻。我的力气不输男窑工，他们干的活儿我也干，搬货，推车，有时还推大缸。现在已经比我在砖窑那几年好受了，不用每天进窑。现在烧的都是小件。

前年，庚生进窑取货时心脏发了病，走了。医生说，我们的肺里都是黑灰，骨头像玻璃一样脆。他们几个现在一到夜里就浑身骨头疼，睡不着。医生拿着拍出来的片子，皱着眉，让他们回去养养，多吃肉。我还没开始疼，也许是我比他们年轻吧。反正，我也习惯这日子了，好像不挨着这把火，身子反倒不惬意。

早上起来，烧窑的习惯抬头先看天。天清气爽，风和日丽，才能烧出好物件。爬上牛角山，拜一拜火神，开窑，点火。一天下来，要看几十次火。换班前，我们最后一次拨开鳞眼洞，看那火的颜色，估摸着温度。烧窑人的眼睛受了火光的锤炼，知道它的秉性和脾气，也能在那火里看见各种形状，人，动物，美景。算不算个好窑工，要看火神有没有喊过你，来呀，来呀，进来呀。说到这里总会笑，总有人说一句，到头来，都是一把火，干干净净。火腾起，顺着龙脊往上灌。我又投了几把柴草、竹篾、松枝。

我们几个的家散开在山另一头，窑脚背后。下班了，我洗完澡，把缸里的水都舀光，喝干，往庚生家走去。我去看庚生的老婆萍凤，和他们的女儿金珠。

家里只有萍凤在。她坐在屋外的小板凳上，面前摆了两道菜，借着天光吃饭。桌子和凳子摆在山上，斜着。一朵油菜花钻出来，在桌底下摇晃着金黄的脑袋。

阿珠呢？我问。同男朋友上电影院了。萍凤进屋给我盛来一碗饭。我吃了一口，想起来了。我问她，是部队上的那个？是那个，她说。伢尼家在北边，听说家里就是部队上的，过两年就调他回去。那阿珠呢？我问。处得好就跟着嫁过去了，女大不中留啊。萍凤笑着说，又叹了口气。

阿珠从小好看，没有我们烧窑人家的烟尘气。她生来体弱，就拜我做了寄娘。庚生和萍凤不让她沾窑，把她打扮得清清丽丽。阿珠会画画，念书也一直在市里的好学校。毕业之后，庚生请了饭，送了礼，安排她在青瓷厂坐办公室。那天，她跟着一起去部队送货。部队订了几只刻字描花的青花大瓶，要摆在领导的办公室。就是这么认识了那个小军官。他比她大四岁。我见过他一次，不，应该说是差点见到。那还是正月冷天里，大中街上一年一次的庙会，货郎担铺满了街。那群穿军装、戴军帽，说着外乡话的男孩子，在人群里格外显眼。阿珠跟在他们身后，白净的脸蛋低着，肩垂着，不时抬起眼来，在他们身后快走几步。我从桥上望着他们，想看看哪个是那小军官。可过了好一阵，也没人回头跟阿珠说话。

从庚生家出来，我又记起大中街那天。总觉得哪里不对。当晚我做了个梦。阿珠浑身是血，朝我走过来。她一边走，一边哭，说，周姆妈，救我。我醒转过来，浑身是汗，心直跳。

那天夜里阿珠没回家。半夜，萍凤去电影院门口找。第二天，我俩跑遍各处。傍晚回到家里，萍凤满脸是泪。又去派出所报案，四处打听。没什么结果。过了三天，龟山背阴处，有一个废弃了很久的矿井，去那里玩的两个孩子发现了阿珠。

我们沿轨道往矿井深处走了大概三十米，就看见了。一辆装煤泥的翻斗车停在轨道上，阿珠像只破了的风筝停在上面。一条折弯了的腿挂在车斗外，骨头细得像针，从皮里戳出来。萍凤扑上去，手碰到女儿，触了电似的弹开，倒在地上。我们把阿珠抬到外面。一到光亮下面，他们男的都把头扭开。阿珠被揉碎了。惨白的脸压扁了，眼珠裂了，下身血肉模糊，身上一片片的乌青和血红，两条腿折了，一条勾着，一条贴在背上。我把她的手脚掰拢好，接过建新的外套，盖住。萍凤睁开眼睛，爬到阿珠身边。她一声没哭，伸手去擦女儿嘴角的血。血干得透透的，擦不掉。

警察天黑才来。笔录做到半夜。他们说，会开始排查嫌疑人。第二天早上，船大到庚生家。萍凤起不了床，我开了门，把他让到屋里。船大以前是打鱼的，上岸后就在电影院门口摆摊，卖点瓜子小食。那天电影开映前，他说，阿珠跟着一个男的上了一辆车，往白宕桥开去。桥那头就到了镇郊。我问他什么车，他说是绿的，像个部队的车。我问他那个男的长什么样。他描述了一番，萍凤坐起听着。我问萍凤，是不是那个小军官。萍凤点点头，眼泪流个不停。

市里下来几个警察，给萍凤和船大重新做了一次笔录。他们说这是个要案，要好好查。过了几天，我们什么都没听到。萍凤托我去市里问。公安局里的面孔一张张都像换了，说不了解这个案子。海荣有个侄子在局里的传达室上班，海荣让他打听。过了一天，海荣有信了，说案子被上头压住，不让查了。

一天夜里，有个人到了庚生家。那人穿着便服，长得斯文，小拇指留着长指甲。他不报姓名，彬彬有礼地走到萍凤跟前，掏出一摞钱来，让萍凤收下。萍凤脸色煞白。还我女儿！萍凤嘶吼着，一把抓住他，后来又呜咽着求他。这人僵着脸，把萍凤弹开，退回到门口。出门之前，他像念宣判书一样地说，这事永远结束了。再查十年、一百年，也查不出。

萍凤的最后一口气没了。阿珠头七那晚，萍凤走了。

我的梦常常开始于一块黑色。它移动着，像是风，又像水，没有上下前后，没有前后因果。三个发亮的点在我四周跳动。在不同的梦里，我有时是那黑色的大块，有时是那跳动的光点。人世的模样慢慢浮出，有天空、树、城墙、陌生的街道、宅院、亭阁。窗里坐着人。有时我长出手脚，有人的形状。有时我只是一束目光。那三个点一直在画面里，飞着，化成三只黑鸟。我借着鸟飞到高处，停在枝头，从那里往下看。梦里我的视角总在跳跃。我不知道自己是谁。

天热了。立夏那天，夜里打起了雷。我数着雷声，后半夜才睡着。我又做了那个梦。我站在地上，向深渊一样的天上看去。远远地，三只黑鸟在渊顶盘旋，发出锵锵的叫声，时不时叠在一起，又分开。突然中了箭。黑鸟惊惶地拍打着翅膀，开始下跌。它们落得这样快，像流星闪电，烧着了空气，化作三个火球，往下坠着，坠着，却一直接近不了地面……一阵钻骨入髓的疼。我的羽毛烧光了，肉变成焦炭。正当我挣扎着想要醒来，我瞥见那三团火球，是庚生、萍凤和阿珠。我大叫一声，从床上坐了起来。

雨还在下，有人敲着门。门外站着一个男人，他的面孔模糊，眉宽广尺，双眼长在脸的两侧。雨水把世界变成了一面面光滑的镜子，他的目光反射着我的目光反射着他的目光，直到合拢在一起。他消失了，而我记起了。

那年秋末，我和庚生一家坐在橘树下。橘子金黄，我们打了几个下来吃。

刚从窑里钻出来，口干难耐。橘子的汁水顺着喉咙淌下，一阵金黄的清凉。

四岁的阿珠突然抬头，怔怔地瞧着我。她抬起手，指着我的头，咿咿呀呀，很是急切。她喊，姆妈，姆妈，喏——

我逗她，把脸放在她手里，来回蹭。

额头触到她热乎乎的小手心时，眉心竖起一道寒意，突突跳动着。

我心下一惊，眼前发黑，两耳灌满雷声。耳边响起阿珠咯咯的笑，我听见了。那双小手依旧贴上来，捻着我的眉间，像挑动暗屋深处的灯芯。

那是我记起的第一个画面。

人人讲那场火起得蹊跷。有人说天干物燥，林业局疏于管理；有人说那小军官犯恶事，遭了现世报。镇上的人乐于一遍遍地讲这个故事，讲到了现今，还写进了戏文：古有雷打张继保，今见剑斩军官佬。

那故事是这样的：七月的一天，龙王山的林场突然起了野火，又刮来一阵大风，把那山坡烧得噼啪作响。那林场就挨着四营，几棵树说倒就倒，一头栽进那小军官的西窗。火势堵了门窗，真是叫天天不应，叫地地不灵。原本，那害了庚生家女儿的小军官已经被人保走，就要转业回老家，可到底没走成。烟熏火燎中，他爬到北窗下，正要开窗求救，空空里现出两道光，雪白锋利，一左一右，破窗而入。只见那小军官脖子一折，头掉了。你说稀奇不稀奇。还有件怪事——讲故事的接着说道，周家的姑娘，那天也不见了。你记得不，就是那个父母兄弟都不在了的，烧窑的老姑娘。

2016.8

拉乌霍流

中尉第一次见到她，是在镇上的医院里。在他那患有慢性肺病、因为生产的辛劳而脸色苍白的妻子的臂弯中，她像一个浸泡过的月亮，被自己分泌出的白色乳脂和淡黄黏液包着，躺在一块褪色发皱的床单凹陷成的天空中，全身涨红地号叫。在妻子的鼓励下，他第一次触摸了她：触摸是他对她说的第一句话。

那一年，他自己还几乎只是个男孩。在远离家乡的汾河河谷的军营中，他每日饱受失眠和思乡之苦，这两种苦楚又加重着彼此，分不清哪个先找上了他。经过漫长的等待，他终于当上了上尉，转业回到家乡。她已经两岁了。

那时她已经学会了回忆。她向父亲描绘那座军营，松柏站在森严的堡垒里，像钢枪戳入天空。空气好像用旧了的布条，搅入那条浑黄的河。那里和她后来出生的镇子唯一相像的，是不分日夜飘在空中的煤灰。她想告诉父亲这一切，却只是像鱼一样吐出一些泡泡。她急得哭起来。父亲拍着她的背安抚她，她看见父亲的嘴唇也像鱼张了又闭，发出难懂的声音。他永远不会知道她记得这一切：婴儿能知道什么呢。

记忆矿山在垒高，在它的最底层，在那座北方的军营旁躺着另一幅画面：一条杏黄色毛线裤，小腿的位置绣着两只小鸭，红色的喙随着她的奔跑上下跳动。一个人怎么能在跑步时看到自己的小腿呢？她后来想；但她同样保存了它许多年。她用躺在床上的大段时间摩挲这两个画面。它们是她稀薄透明的记忆中结晶出的两小粒矿石。那时，病魔还没有掀起海浪。不久后的某一天开始，她一个月里有三分之二的时间得躺在床上度过了。高烧是一段黑暗的隧道，她在昏迷中对自己垂危无力的生命保持着平静的观望。当她从另一头钻出时，她不得不出让一部分意识，和记忆。海浪总在夜里将她冲入另一个世界。有时她被冲走很久，几乎一整夜，天亮时，她返回父母的卧室（他们后来在那里架起了一个看护她的隔间），看见床边站着那个祖母请来的女人。她注意到这个女人没有影子。女人很多年前沿着水路来到镇上，这个疍民的女儿，因为没有陆地上的根而游荡在镇子的边缘。但水给了她天赋。她能看见每个人的掌纹、血流和脉搏组成的河，洒落在他们身上的痣交织成星象，挂在河道上空。她握着无数人的秘密，其中之一是她自己的河正在逐渐干涸。她看着面前这个五岁孩子的河，不发一言，在她床边用鸡蛋、银针和纸符布阵，在正中点一簇火焰，抬起孩子的头。火苗静止的刹那，女人朝她的眼睛吹了一口气，她的眼睑瞬间沉重地垂下了。

在她渐渐恢复的头两天里，她总能看到那个魔术师。他从远方来找她，带着一件颇有重量的东西。他要亲手把它交给她。出发前，为了轻装上路，他变了个魔术，让它先消失（到达）了。当他在此处现身时，他对她说："只要我再变一次，它就出现了。"然而他的魔术失效了。他试了一遍又一遍，还是什么也没有。他在她房间各个角落翻找，"万一它把自己藏起来了呢。"他来了一次又一次，却总是用同样的方式让她失望。他是病魔的好心的双胞胎弟弟，她想，来还给她他的哥哥取走的原属于她的东西。只是他太笨拙了。

矿山没入海水。藤蔓渐渐爬上坍塌的山石，开出淡紫色的花。淡紫色是血管，在她皮肤底下像隐蔽的小巷东躲西藏，消失在深处。针头从血管中不停地滑出，好像她身体里有一种相斥的磁力。雪在医院外下着，很厚了，冰冻的大地在脚下咯吱作响。她的两只手背在父亲的军袄改成的手套里高高隆起，装满药水。……一个个日子泡在药里。她仍能尝到那苦味，它漫到舌尖，进入食物，她的梦，呼吸。傍晚，她翻转身体，她的母亲把一块热毛巾敷上她的臀部。每天晚上，母亲都给她敷，揉，按压，让淤积的药水散开。在台灯制造的一小团光晕的外围，母亲偶尔会坐在黑暗中啜泣起来，任由毛巾在她皮肤上渐渐变凉。她听见母亲的肺隆隆作响。

总是在两个季节的交界处，不管是以温暖的假象诱惑人的早春，还是天空迅速抬高直至透明的秋天，病魔张开陷阱，在角落里等待。她挥霍着短暂的自由，全然忘了病的滋味，很快又一头栽进了陷阱。父亲那时已经成了县上的公务员。有一天，他从书店给她带回来两本有插画的精装书。在她病愈的日子里，他陪她坐在窗边，教她认那两本书里的字。她随着父亲在书页上移动的手指，在他为她念诵的声音汇成的河流的底部，潜水。她热爱那些故事，蛙人，飞岛国，石缝中的猴子，在迷宫的围墙中写信的俘虏，一夜又一夜给国王讲故事的少女……当她从书上抬起眼睛，她感到这些死去已久的幽灵透过纸页发出的喃喃私语变得那么响亮，在那些字符的召唤下站在她的身旁。从第一天开始，她就更迷恋那些整齐地排列在一起的方块字，胜过欣赏由黑白线条组成的精致繁复的插画。很快她就可以自己诵读整本书。当她到达最后一页，她毫不停顿地又回到第一页，从第一个字重新开始。当海浪再一次把她冲出，一把将她推进一个变形的世界，留她一人在那里和病中的痉挛和幻觉不停搏斗时，她护卫着那些她可以倒背如流的字句——她为自己念诵，这声音像一条锚拴住她，于是她也得到了它们的护卫，不会离开得太远而永远无法回来。她把故事串在一起，和脑中不停铺展、变大、缠绕彼此的无数个线团对抗。它们就这样连成了同一个故事。

白天，从她躺着的地方可以看到窗外的一小块风景。泡桐树遮挡了对面职工学校的女生宿舍，它的一角连着医院的露台，护士和医生在天气好的日子里会带着铝制的餐盒上去吃午饭，抽烟。发白的光线中，人影、植物、房屋的轮廓都显得遥远、透明，在自身的深处晃动、涣散……明亮在正午达到巅峰。那后来成为一天之中她最害怕的时刻。她感到漆黑的海浪正在发光的正午背后积蓄力量，一切将从最明亮的时刻开始不可遏止地坠落。她大张着嘴，沉重地呼吸，肺炎让她和母亲一样胸中隆隆作响。天空越来越幽暗，低俯下来。她加快字符的编织，一点点巩固自己的堡垒。黑暗之中，镇子上方开始拱起越来越多明亮的方块，绒黄、橘色、青紫，好像书页在闪动。这些发亮的窗户是她还不认识的新字眼，她试图阅读它们，让它们加入，扩大她的工程的疆界。可在她认出它们之前，方块一扇接一扇地熄灭了，人们将夜晚拱手让给了梦境。他们如此不警觉，让她感到不可思议。房门虚掩着，祖父在客厅咳嗽，窸窣走动，渐渐像一个陌生人。她撑开眼睛，竭力抗拒着睡神的到来——他的长袍被涌动的海浪掀开，那底下的东西让她毛骨悚然。

接着，突然有一天，她退烧了，痊愈了，和病的到来一样迅速。那是一个街道比屋里先暖和起来的日子，她听到清晨第一拨孩子在楼下职工家属院里的欢笑声。一个多月来，她第一次下床，走出房间。她推开大门，踏进另一重亮度。一阵晕眩，不过很快过去了。她的心脏有力地跳动着；她的眼眶清凉。在她面前是那截久违的楼梯，阳光正透过水泥花窗洒进楼道，在台阶上落下一个小小的尖角。她跨过它，奔下楼梯，站在太阳下。一阵狂喜鞭打她的所有神经，驱使她奔跑起来。她甩动着四肢冲出了院子，身后的伙伴越来越远。心脏骤然的猛跳，气喘，发苦的舌苔，像衣服一件件掉了下来，这儿那儿的余痛和震荡也转瞬消失了，她脱开了自己。

她从没跑得这样快过。她读过的书，终日陪伴她的字符，都被遗忘在了床边。现在，她不再需要它们的护卫了。她跑啊跑，向躺在床上看见的那一小片风景的背后跑去。

现在，她是一名语言学博士。毕业后她工作了几年，之后重返学校，继续原先关于川滇黔地区苗语次方言分布的研究。整个暑期，她都在云南参与世界少数民族语言研究院发起的濒危语言考察项目。她负责的语言社区涵盖两个通婚的村子。这两个村子的人称自己"树林苗"（Hmong Hangd Rongd），三十多年前，他们才从原始森林中迁出，把新的村子建在原来那片森林旁。和这里大部分地区情形一样，村里只剩下老人和儿童。研究院已经找好了发音人，其中一位是上一代的孜能（Zid Nenb，"巫师"）。她的任务是给这几位老人做录音和录像，输入软件，进行分析。为了照顾发音人的身体，加上农忙，每天她只能给一个人录音两小时左右。两个月里，她一共录得了 733 个词汇，包括斯瓦迪士（Swadesh）100 词，用国际音标记录，涵盖了之前学者提出的这个区域可能存在的所有声母和韵母。那位孜能提供了许多专门的祭祀词汇。就取得的资料来看，"树林苗"的语言可以归入第一土语的音系系统，并无太大独特性。

不录音的时候，通常是下午，她会去村里的语言班帮忙，和项目组的其他成员一起，教当地孩子他们的本族语言。因为被划为语言濒危地区，代际的语言传承受到严重挑战。这部分工作同样得到了专项拨款。夏天即将结束，导师发来的邮件通知了她下学期的助教工作。也是在这时，她心里冒出了想再待一段时间的愿望。过去，她从来没想在任何地方久待过，任何地点都如同客栈，包括自某一刻起她对家乡也是这种感觉。但她仍然在为离去做着准备。

出发的日子到了。她要从这个闭塞的山谷中翻两座山——几乎要走一天，到南面的县城，第二天再搭巴士到省城的机场。前一个白天，她走到哪里，身边都围着全村的孩子。到了夜里，她没有住学校，在其中一个女孩家过夜。跳蚤咬噬脚踝的阵痒唤醒了她，蒙蒙亮的天光中，下雾了，窗外昨天的山坳不见了。灰白雾气一阵阵从窗口涌入，抽走她们留在草席上的体温。窗外站着两三个孩子在等她醒来。她不知道他们等了多久。

几个孩子一路跟着她走到村口。她摆手让他们回家，继续独自往前走。山路在雾气中湿滑不堪，她笨拙地挪动着。一路上她如此专注于自己的行走和伴随左右的散漫思绪，没有注意到那几个孩子一直默默跟着她。她已经多次见过他们如何穿着拖鞋在山路上如履平地，哪怕是下山时；在山中，他们的脚步永远像鸟一样轻。因此，直到几个小时后，她好不容易登上第一座山头，准备坐下休息片刻，她惊讶地看着那几个孩子从草丛中现身了。最小的孩子大笑着扑进她怀里，其余几个稍大的用漆黑的眼睛看着她，神情坦然而快乐。

雾气消散，日光迸射。他们坐下，她把干粮分给孩子们吃。她用当地话和他们聊天，她说得多，孩子们说得少。最后，她起身要走了。她让孩子们往回走，这样天黑前他们能到家。她让每个孩子做下保证，不再跟着她继续往前。

她的身影没入了对面的山投下的阴影。她转头往山顶看去，孩子们靠拢在一起，向下方挥动着手臂，他们身体的边缘和发亮的大气接触而毛茸茸的。随着日光抽离，山谷渐渐沉入寂静，空气也变凉了。两个月前她沿着同一条山路进的村，现在逆向而行，它却显得那么陌生、漫长，她不记得前面有过这个拐弯，那片树丛也像新出现的。脚下的谷底和四周的山头都那么遥远，她像一只爬虫，在中间缓慢挪动。所幸只有一条路进出，和孩子分别时她确认过，不会有错。过了临界点之后，消失的力气似乎重新回来了。在山腰的一条岔道上，她拐进一个只有几户人家的村庄，再次询问方向。走出村庄时，她望见孩子的身影仍然还在山顶。她继续上路。一路上，她又回过几次头，他们还在，像被人遗忘在了天空下的一动不动的小雕像。她几乎以为是自己产生了错觉。但确实是他们，她甚至仿佛还能看见他们衣服上的褶皱，记得起每一双手的触感。她心里在滋生一种柔弱的低语般的情感，让她对自己陌生，无所适从。她故意很长时间不回头。

……昏暗统摄了山谷。月亮升上来了，梯田上的人和牛不见了，山涧，溪流，都沉默了。恍惚中，只有远处一道徐徐上升的白烟表明时间仍在此处走动。她终于攀上了山顶。一阵莫名升起的期待敦促她转回了身。

她的目光在背后的黑暗中摸索，直到万籁俱寂中跑出一个明亮如光线的声音，像一串山中震出的飞石，像树木湿漉漉的呜咽，兽的低吼，雀仔喞啾，针脚从布匹的这面踩到那一面，倏地灌满山谷，当中夹着时断时续的人的呢喃。她随着那细小飘忽的嗓音探向对面的山顶，孩子们所在的方向。就在那儿，声音从那里漫开，如一股透明柔软的细绳拉长，向她过来了。它径直注入了她。她抖动起来，手指、手臂、肩膊，直到五脏六腑——她全部的心神因为孩子的歌声而不住地颤抖——在其中，她听到了一种两个月来她从没听过的东西——它的细节此刻纤毫毕现，似乎每个音都有其自身的重量和可见的轮廓，在她呼吸的范围内转动，起落，她的舌尖甚至尝到了它们的味道。旋律的

第二节出现了，语调重复着自己，似乎在等待她的确认。她试图捕捉它的声韵调的特点，音变类型，基本词汇，等待着可辨认的部分出现……她失败了。但很快地，她抓到了带气嗓音的一个新声调，是罕见的古苗语声母的一个腭化鼻音（她很快记起这个音如今只在泰国的绿苗[1]中还保留着）。她一阵兴奋。接下来，她留意到她未曾听见任何西南官话的借词，同时她捕捉到了大部分苗族支系在近几代中消失的卷舌塞音与塞擦音的微弱分别，它出现了三次。几个方向的事实合拢了起来，她不禁绞动双手，举向空中，好像这个动作能帮助她再次确认此刻剩下的唯一一种可能：这是一种之前没有在川滇黔苗语中出现过的古苗语。

就这样，她回到了村里。她写了封详细的邮件向导师解释了自己的滞留，她甚至开始认真考虑要不要改变已经做过开题报告的博士论文主题。奇怪的是，对于那天在山里听到的，当时真切清楚得触手可得，第二天她却什么都不记得了，只有一种古老而迥异的印象仍在她的记忆中鲜活地跳动。

孩子们对她的回归充满热忱。可每当她让他们再唱一遍那首歌，让他们教她"那个话"，孩子们却总是模仿她念着"laib yab, laib yab（那个、那个）"，一哄而散，好像她提出了一个十分荒谬的请求。有一次，她成功地让和她亲近的一个女孩说出了几个词。她在笔记本上快速地记下了发音，然后她重复其中一个词的发音，问那女孩它的意思。那女孩似乎随意地朝着远处一指，她循着空中的轨迹望去：

1　绿苗：苗族在泰国的分支，为作者虚构。

山？那女孩却摇摇头，指了指屋后的水塘。

她决定去拜访孜能。他是她的发言人——那位老孜能的儿子。之前，她在老孜能家里见过他一次。孜能是"能烧火的人"，他们都被认为是"相告"祖先的后人。几年前，孜能接任了父亲在村里的工作。而在村里人的口中，这位年轻的孜能比他的父亲、祖父更有本事。人们也说，他将是最后一位孜能了。

孜能结婚后把房子盖在政府几年前修建却很快废弃的一座水塔旁。她到的时候，孜能正在烧饭。他掸着手从厨房走出来，和她一起坐在一块黯淡的红色灯芯绒布罩着的沙发上。她感到孜能已经知道她是谁、来做什么。于是她直接问了最想问的问题。孜能对她所听到的东西大为惊异。然而他也没有对此多加解释，似乎陷入了沉思，又好像这不值一提。对她的许多问题，孜能只是简短地回答"是"和"不是"，但最后，终于，他确认了这种语言的存在。她觉得这是一个巨大的进展。自第一次听到孩子的歌唱以来，她终于放下了心。她还得知这种语言只在"树林苗"的内部使用，它没有名字，也从没有像她这样的人来做过研究。不难预测，这一个小小的苗族分支今后必定会消失，随着最后一批老人离开这个世界，这种语言也将萎缩，甚至消亡。这或早或晚总会发生，她如此断定，心中涌起新的急迫。孜能邀请她留下用晚饭。他们坐在低矮的小板凳上，在暗中用餐。逆光中，她看见檐下飞来一只她从没见过的鸟儿，它长着青色的喙，在细如牛毛的雨雾中颤动羽毛，和她一样，等待着。她深吸一口气，提起 Swadesh 的 100 词汇表。加以解释后，她便问孜能那种语言今天留下来的部分的规模，还有多少词在使用。

"这取决于你。"

"这是什么意思？"

孜能突然大笑起来。

"你们总是问'这是什么意思''那是什么意思'，听到几个字眼就满足了。那只是用一个说法替换另一个说法，就像用一盆水洗另一盆水。"

"这是一套成熟的研究方法。"她反驳道，"如果它行不通，就没有办法研究语言了。"

"不，"孜能直摇头，"你要忘记词汇表。没有什么词汇表。"

"那还能怎么做？"

她像老人一般忧心忡忡。孜能却像孩子一样咧嘴笑了。

"有许多方法。不过每个人只能用一种——自己的方法。"

她在村里已经待了一年。刚开始的几个月里，她每隔一个月会去一趟县城的网吧，给导师、同行和朋友写邮件，交流彼此的状态和工作进展。她拜托人类学和历史学的朋友给她寄了一小箱参考书，书在第二个月到了，她很快读完并在邮件里不无戏谑地告诉朋友，她正在尝试从"人类语言学"转向"语言人类学"。以前她学习、研究一门语言，或者通过书本，或者在当地做一些短期的抽样和调研，还从未像这次一样深入过。她循序渐进地开始了田野工作和每天的观察、记录，包括日常作息、婚丧嫁娶、农耕林业、性别分工……一切关于如何成为当地人的知识。除了极少在人们的日常交谈中听到那种语言之外，她没有什么可抱怨的。她哪里都去，什么都看，村里的人一开始对她提出的请求感到可笑和怪异，比如当她听到人们喂猪时偶尔用那种语言和猪说话，她就让每个人每次喂猪都叫上她。后来大家也习惯了。当那种语言出现在孩子的梦话中时，她便整晚不睡地等着它再次出现。她渐渐弄明白了，"牛背上过河"是"离开这个世界"，"星阵"和"蜘蛛结网"是同一回事，"十二"是个神圣的数字，很久以前有一场战役发生在海边。接着，从某个时刻开始，没有新词出现了，而她知晓的部分零碎得像风吹过的水纹。一切好像停滞了，她的工作，每天的日子，时间。

那是"拉乌霍流"（Hlat Eb Hob Dliul，"盲雾之月"）的开始。雾气一天比一天重，露水四处垂挂，甚至爬上熟睡中的婴儿的睫毛。她写进邮件的事情越来越少，后来就不写。如何向她原来的朋友们解释，她每天唯一所做的事是躺在一块斜坡上，着迷地望着稻谷和雾的交界处，直到能分辨出几米之外苍蝇的前后腿？雾重的夜里，村里的好几头牛走出牛圈，从梯田边上滚落了下去。有天早上，她发现垂至腰间的头发缩短到了背部。村里所有人应该都长高了，加上她总是盘发，她才没有马上发现这件事。偶尔阳光穿透云层的那几天，石块在手心中会变得十分沉重，原本卷起裤管走过的河流开始深不见底。现在，人们不是在傍晚而是下午就离开村子，在树林里待得越来越久。对这一切，她没有答案，但也不再试图向另一个人描述。

也许一切和"巩道"（Nghouk Daox）有关。那是丰收的日子，也是十二年一次的洁净时刻，在山野里悼念的日子，举行圣树献祭的日子。出远门的年轻人陆续回到了村里，人们开始做节日前的准备，没有人再下地劳作了，大家吃和睡得都很少，以此进入彻底的休息。从天明到子夜，村子十分寂静。她拿着录音笔和本子去找将主持仪式的孜能，她想记录下所有的细节。孜能告诉她那没有意义，除非她同样如此地做准备。这时她想起她的朋友在邮件里曾提到过这种时刻，一个一定会在田野工作中到来的、没有标准做法的时刻：是保持站在外面做一个坚定的观察和记录者，还是踏入真正的内部，永远地成为社群的一分子。

她从孜能家出来，回到村里的路上。之前工作时的情形浮现在她眼前：在那些年迈的发音人家中，老人们如同囚犯一样按照要求坐着不动，屋中的一切活动都停下了，以免打扰录音。老人开始对着一台录音笔不停地吐出字句，一两个小时里都只有他们自己在说话。这个任务刚开始时，几乎每一位发音人都会习惯性地沉默下来，好像在等着对面的人作答。他们也总是喜欢摆手，拍脑袋，捂着嘴轻声说出一个神圣的词，这是他们平时和邻居聊天的样子，劳作时唱诵的样子，激动或悲恸时灵光一现的样子。这些都被制止了，删除了。而她总是一脸严肃地坐在旁边，在头脑中用力推演其中的语法规律，完全没看出这整个过程的滑稽和无用。她想起，她让老孜能跳过仪式的繁琐步骤，不用告诉她他站在山坡的哪一面，朝着哪样的风和日头唱诵和念咒，听的人露出怎样的表情，那表情怎样激动了他，山谷和祖先又是怎样回答了他，让他的歌唱忽而高亢，忽而低沉。她跳过了这一切，问了一堆语法问题，把一切搅碎了，捡起地上干瘪零落的渣。过去那么多年，她一直是这样做的。现在她回想起这一切，回想起第一次见孜能时他大笑的样子。她大笑了起来。

她刚做下决定，抬头就看见自己已经站在了住处门口。她进屋没一会儿，有人敲门。孜能站在门外。这是孜能第一次主动来找她。她还没张口，孜能就点了点头，开始为她详细解说仪式的准备，洁净的方法，并且敦促她马上去做。临走前，孜能提醒她，一旦开始就不能中止，一直要维持到节日当天最后的仪式结束。此外，发生任何事都不必慌张，只要"记住牛铃的方向"。这句话也是用那个语言说的，她从没听到过，在心中默默记下了。

她现在被允许进入树林了。她看见女人和孩子在树林中采集药草，焚烧它们的烟将用于清洁，也会在仪式上用来献祭。一天，她走进踩山场，来到圣树附近。她看见男人们正在圣树旁侧的平地上搭一种方形的帐篷，边喊着号子边锯木头。圣树上挂满一丛丛褪色陈旧的彩色布条，一个男人告诉她，那是祈愿用的，并指给她看他最早系上去的那条。她沿着树干往上望，感到一阵目眩。那时我还是个孩子，他说，现在却是老人了。她下山加入了采药草的人群，从那里她仍能听见头顶的号子声。干活的时候，她和其他女人一样边向林子深处走去，边随着号子哼唱，一遍结束便从头再开始。后来的日子都如此，不管女人们为了找药草走到哪个角落，都能听见号子声。最后三天，大家不再下山，轮流在篝火旁打盹。人们吃得更少了。女人们现在在夜里也必须不停歇地采药草，和她相熟的一位母亲教她怎样在伸手不见五指的树林里准确无误地找到所需的材料，后来，快采完一片时，她也就知道了往哪里走能找到药草。当她在黑暗中走到那儿，一伸手就摸到了，好像有人把草叶递到了她手里。她还发现每当她拔起茎叶时，都会听到高处传来像是猫头鹰的三声啸叫。

现在，芦笙吹起，鼓打起，号子的曲调变长变慢了，内容也变了，有了哀戚的味道。她还是一样边劳作边跟着合唱，声音有时被淹没，有时露出来，一个个音就像石头从山顶落下一样自然地从她身上滚出。歌唱从海洋开始，经过高原、河谷和雪山，讲述牦牛角中的旋涡，骆驼的四蹄踩出的绿洲，舌头舔舐岩盐时留下的疤痕。在争夺土地的战役中，双方流出的血汇成一面彩色的大旗，遮蔽了太阳。饿狼和秃鹫来了，敌人和风暴来了，人们不得不离开平又宽的土地，翻过一个山包，又一个山包，山包尖尖好像猛兽的尖牙，最后来到第十二个，这儿草木不生，果腹的食物总是很少，人也没了完整的脚印和影子。略[1]啊，升高的便要跌落，得到了便要失去，走不动了，珍珠和宝石便一路弃了，老人死了，孩子生了，我们衔着文字过大河，一个浪头打来，文字都吞进了肚子。路还没走完，我们已经两手空空，只剩下了一口气。略啊，略啊，让我和你一起叹息……声音来回地冲刷每个人，她在帐篷中打盹时，它依然在她的里面轰鸣。她变得空而轻，歌声源源不断地流入她，让她不觉饥饿。月亮升起的第三个晚上，所有人一边和着芦笙的吹奏唱着，一边往圣树的方向移动。她看见孜能正把药草变成一片没有明火的烟雾，她和大家手拉手站进那片灰色的烟雾中，一边左右摇晃身体，开始轻唱

---

1 略：神灵名。

着祈祷：唱啊，不要停，让我记起回去的路，唱啊，不要停，让我记起回去的路……这反复呼唤的最后一句出现得太过意外，却又如此自然而寻常，她不禁浑身一颤，像一尾被钩住的鱼：她发现三天三夜里，这首歌从头到尾只有一种时态：现在时。又一个发现像闪电击中了她：一年多前，孩子们在山对面朝她唱的就是这首歌的这一部分，她正唱着的就是那个语言。

现在，那片灰雾沉寂了，笼罩着她。她感到自己必须尽力保持住这份寂静，似乎一旦它破坏了，一切便会随之消失。她成功地穿过了灰雾。这次她有把握了，她不会再像一年前那么无知而健忘，因为现在，这歌已和她连在一起，将她和周遭重新涌动起来的一切连在了一起。她看向四周，听着，嗅着，摸着，浑身充满幸福。一年来她苦苦思索渴望知晓意义的语言，它的秘密向她慷慨地敞开了，就在此刻草叶的气味里，在芦笙的气流里，在敲奏的鼓声里，在刺破云层的雨点的细刃上，在男人的脚窝里，在女人一日日磨出的茧里，在圣树脚下不知何时被屠宰的水牛的血里，在孜能围着圣树的跳跃里，在那盖着棕色树皮的方帐篷中突然响起的一阵吠声里。

她没想到自己亲耳听见了吠声。它就是那个吠声，是的。一阵噩梦般的刺痛划过。她不禁低头看向自己的两条腿，它们静止在草地上，并没有动。她惶恐不安。连续几天的唱和与劳动此时终于让她感到脱力，她疲累无比，不能像平常一样思考。但不用借助思考，一切已加速地——几乎同时地——向她涌来——

她在一阵笑声中屏住呼吸。记忆中从不缺席的正是那笑声。一切始于她病愈入学后的第一堂短跑课。哨声响起，操场一片寂静，大家都专注地等待着揭晓谁是全班跑得最快的那一刻。她前面的同学一个接一个跑了出去，轮到她了，她和身旁的女生一起冲出了起跑线，那笑声在她身后第一次爆发，一路跟随她冲过终点。当她回头走回队伍时，她才发现那仍在继续的笑声因她而起。她走回队伍的末梢，低声问前面的同学怎么了。

"你没听见？你跑起来的声音像狗叫。"

一个男孩开始模仿狗叫，引起一阵哄笑。她好像在梦里，一切变得缓慢而模糊，像一张冲洗失败的照片。她说不清她所感到的，她只能沉默着全部接受了下来。那天结束时，沉在种种感受最底部的是困惑——她自己什么都没听到。

一天晚上，她走到镇郊，那儿有一片很少人到过的荒地。她把机器放在地上，跑了起来。她嘴里开始发苦，让她感到曾经注满她的药水仍在她体内。她边跑边留心听，只有风声，和模糊成一片的远处镇子里的声音，而她自身的安静越来越让她不安。最后她没有减速，冲回起点，按下按钮让录音结束。她按下播放键。

风吹草叶声，脚步声，远处的车声。都是她自己的耳朵听到的声音。

除此之外一片空白。

她的困惑继续增长。而它一定长得更快，更大声了，因为笑声越来越大了。模仿这声音变成了他们的一个游戏。他们学狗，学乌鸦，学一把坏掉的二胡，学猪一样的哼唧。

因为它，学校里人人认识她。

它不停吠叫那几年，她日益沉默。两者像极夜和极昼一样缺乏黄昏或黎明的过渡。她从外面的世界撤退，开始狂热地阅读，像多年前对抗病魔的海浪一样，抓住任何书页读下去。儿时的兴趣迅速深化了，她像饥饿的人扑向食物，不知疲倦地学起了不同的语言。元音如太阳一般明亮的西班牙语，啁啾、淅沥的南侗语，从南亚次大陆曾经的皇族和僧侣舌头上滚动到今天的化石般的梵语，巴布亚新几内亚的岛屿上发音数量比鹦鹉还少的罗托卡特语，拼凑别种语言而成的苏里南汤加语……她都一视同仁。她好奇一种语言如何漂移而断裂，形成分叉、盲区，语言和语言之间又如何吞食、嫁接和乱伦，她想象说着不同语言的差异巨大的喉咙和舌头，头和心。她让这些不同语言漫过她自己的喉和舌，头和心。那几年里，与其说她在人类语言的大口袋里翻找着什么，不如说她把头埋了进去，摸摸这个，碰碰那个，让它们层层缠绕她，把童年字符汇成的锚变作更为结实的锁链，把那个幽灵般的叫声禁锢在一个晦暗的世界里，沉没。

她动手术那个礼拜，父亲陪她从镇上来到城市。手术顺利的话，她就会动身离开家乡，出去念书。那年她已经比父亲高出许多。当他和朋友们带着各自的家庭聚会时，他在餐桌的另一头远远地看着她，心中充满自豪。她一直没让他们费心，乖巧懂事。他把她好好养大了，一切都顺顺利利的。虽然在夜里，在他的梦中，她还是那个依偎着他翻动书页的孩子，一头细软的头发像最轻的羽毛一样停留在他胳膊上。当她提出动手术的要求时，他和妻子都很诧异。他们觉得她一直很健康。但最后他还是顺从了她的要求，尽管他和妻子都觉得毫无必要。她描述的病情含糊不清，却不容继续等待。

那几天里，他们在那座城市里走访一家家医院，咨询她的病情。结果要么是无法诊断，要么是需要在这里那里刺出长长的刀口，糟糕的话还会瘫痪。他决定带她回家。她却变得十分执拗，坚持要寻访最后一家医院，那是一家她自己打听出来的偏僻不起眼的老年医院，那里据说有个厉害的大夫。他见到了那个大夫，在他看来这人太过麻利而不可靠。大夫叫她做了几个动作，随即说知道怎么回事了。"手术很小，也就半小时，刀口几乎看不见，术后马上可以走路。"

她侧躺在手术台上，一股冰凉细小的药水正推入脊椎。她睁着眼睛，竖起耳朵，想起童年时那个祖母请来的女人。她不想错过眼下这场手术，之前她已将它想象过无数次，她想过有一股浓烟，一阵强烈的爆破声，甚至一场突发意外的狠狠撞击，或许是死亡本身，才能杀掉那个吠声。她已经准备好了。事实上，手术十分平淡、迅速，那个麻利的大夫，他轻松地和护士说笑着，甚至当他割开她的皮肤，扒动几束肌肉，放进或者拿出什么时（她如此想象着，她的下身麻醉了，被布遮住，她什么也感觉不到），这说笑声也没半点停顿。之后很长一段时间内，手术室里没半点声音，似乎正发生着某种需要屏息凝神的精密步骤。她屏住呼吸，直到被针刀撞击托盘的金属声吓了一跳，才吐出一口气。那时手术大概进行了一半，大夫停了下来。两个年轻的护士在面罩后忍不住笑出了声。她听到这种熟悉的笑声，紧张起来。"很快就结束了。"其中一个护士拍了拍她冰凉的手。"听到了么？"护士问她。她摇了摇头。"很大声？"她小心翼翼地问。"是的，非常大。"

见过她手术后样子的人都说，她的变化很大。首先是，那个夏天，她长高了十公分。第二件事，是她离开后便消失了。在家乡，在外面的世界，他们没一个人能再见到她。他们都是听过那叫声的人。

在新的世界中，她是一名语言学者。她把所有热情放进了她的研究。她离开学术几年，也是因为那份工作方便她去那些没去过的地方学当地语言。与她相识的人对她的才能印象深刻，对她日复一日对自己的心智进行的高度逻辑训练印象深刻。她的严谨、缜密和恒温的微笑夯实得像一座碉堡，人们却对里面的她所知甚少——她从不谈论自己。她的父亲那时已经退休，他说不清她身上那些突然变化的部分，他把一切解释为自己的衰老。与此同时，他越来越经常地梦到过去，她的童年，他年轻的时候。在梦境的某个角落，总有一道石头一样冷漠的目光。他醒来后想起那目光，想起如今从世界某个角落偶尔打电话回来的她。他从没告诉过她这些。她也永远不会告诉他，在外面，有一次她差点让那个曾经存在的晦暗世界重新暴露，戳破她费心构造的新世界。那是博士第二年，她去芝加哥大学交流时，一位听了她主题演讲的语言学教授，弗雷德·埃干的学生（而埃干是爱德华·萨丕尔的学生），向她咨询古汉语的一些问题。他在研究墨西哥的萨波特克语的某一分支时，发现了它和古汉语的亲缘性。聊过这些后，教授突然问她一开始是怎么喜欢上语言学的。教授本人的谦逊，这片离她的家乡无比遥远的大陆，都让她松弛自在，于是她差点脱口而出。但她克制住了。她很快转移了话题。

现在，歌声停了。人们静静坐着，脸如树叶般低垂，在山间淡白色的晨曦中，像陷入了最深沉的睡眠。他们什么也没听到，她想，这次，只有我自己听见了。一切似乎颠倒了。她站起来，看见写着她名字的祈愿条挂在了圣树靠近根部的地方，那表示她得到了树神的接纳，她和今年出生的婴儿一样，成为村庄的新成员了。圣树的肩上升起了"瓦奔"，清晨的第一颗星。她记得在同样的位置曾看到一只巨大的蜘蛛。"星阵和蜘蛛结网是同一回事。"她的舌头和脑子一起说了出来。她朝着传来吠声的帐篷走去。

她掀开树皮做的门，帐篷将她一口吞了进去。里面一片明亮，她什么也看不见了。吠声也消失了。等她再次望向前方，她看见孜能远远地坐在帐篷中央，背靠着圣树的树干。他的对面坐着一个人——是她自己。只不过在那里，她穿着"树林苗"的传统长褂，戴着叶片银饰，头戴一顶如耳朵竖起的尖帽，身形年迈，姿态沉着。

她扭过头来，看向帐篷门口。接着，她抬起脖子，张开嘴，像狗一样叫了起来。

一片刺眼的明亮像雪崩侵袭。叫声朝她追过来。她跑了起来，地面陡然折叠，她沿着圣树的树干向上，顺着降下的一段梯子往高处爬，眼前是一片平滑的灰色天空。她的身上淌下大股温热的细流，把她往下拽。她的力气耗尽，叫声仍固执地尾随，以恒定的节奏敦促着。她感到自己像山一样沉重，她大叫一声，手抓着，脚蹬着，拼力一挣，头从脚底掉了出去。她飘起来，一阵牛铃声移向她。她猛地记起祭司的叮嘱，一把抓住牛铃。现在，她转过身来，面对背后山谷的黑暗，听见对面的山顶响起了孩子的歌声。现在，她在手术台上，听见脚旁护士的笑声。现在，她坐在桌前，翻动着不同的语言，像儿时翻动书页。现在，她听见磁带中的空白。现在，她躺在高烧中的床上，看见长袍底下曾让她恐惧的东西。现在，她在摇篮中，对父亲喃喃着她的记忆。现在，她在胎脂和黏液中低嚎。"唱啊，不要停，让我记起回去的路。"温热细流从她心里淌出。"野地黑漆漆，老林深惨惨。孩子啊，立起耳朵听，把眼睛转过来瞄，听我开始讲，听我开始唱。"它的声音温柔，像乞求，像哀吟，带她出了屋，上了桥，爬了坡，过了九十九条河，八十八个海，路过汾河的军营，草原上的战马、线团、夜里的方块、年轻的中尉、暴风雪、笑声、追兵、父亲、中箭的首领，它拱起背，驮着她，不走上面的路，不走下面的路，走上中间那条路，跑啊，跑啊，直到一双大手盖住她。她抬起头，看见孜能的手放在她的额头上，那片古老的云雾从头到脚摸过她，又把她还给了自己。

她独自坐在帐篷中央，从滚烫的喉咙深处，吐出了它。它从没这么鲜活、响亮，落在眼前的世界上，好像这是第一天，在它独自生长了这么久之后，人们刚刚发现了它。但现在它就要消失了。这是最后一次，它在这里。她第一次伸出了手，触摸它。

帐篷外，天一定非常亮了。树林像一个醒来的人一样抖动。

2016.9

新大陆

1

他们告诉我，我的父亲在这里。找到他。他们说。他们的声音从我的脑袋里传来，越来越真实。于是我出发了。一路上，每当我闭上眼睛，我就听见它。我想，事情就是这样发生的。

自打我走上这条路，除了这个声音，我的脑袋一直空荡荡的。我们穿过整片大陆，一路向西。我说"我们"，因为有许多像我这样的人。"我们"是一支临时队伍。和我一样，他们的脑袋里也什么都没有。我们什么都不记得，想事和说话都难——只能蹦出一些简单的字词。和我一样，他们被听见的声音带领，声音里附带一个地名。我们记得上路第一天的事，和这之后的事。我记得，这一路我们没少受苦。各种各样的困难，尤其对于女人。女人需要担惊受怕的事简直没完没了，比如我。不，我的意思不是说我多特别——我和其他的女人没什么两样。我这样说，是因为一开始，这条路就几乎是禁止女人通行的。困难还在于，每个人出发时都只有他自己。不管是男人还是女人，都只能一个人上路。路上随时会有人倒下。突然就发生了事故，没人知道会摊上什么，一切说变就变，有的人还没倒下就没了呼吸。这些艰苦就不提了，都过去了。

终于，我们一起跨过了边界（真是可怕的一天），后来，一个男人最先看到了属于他的地名（大家都受到鼓舞）。他和大伙告别，只身进入城市。剩下的人继续往前。随着路过的城市越来越多，队伍里的人一个个告别，独自走上分岔的路，消失在各自的目的地。"我们"消失了。每个人又回到了一个人。经过一个大城市时，我迷路了。好几天里，我不知道自己在哪儿。我只好去敲那种大机构的门。这是我在路上学会的。在那栋大楼的深处，我看见地上摊着一张大纸，上面布满名字，铺满了整层楼的地板。在一扇圆弧形的落地窗下，一名打字员还在往纸上敲打更多的新名字。我很紧张，感觉暴露了自己。他们也许会把我送回去。打字机的按键声像路上的枪声又在逼近。

他们当中有个人对我说话，我听懂了。他问了我几个问题，路上的经历，尤其是我记得些什么。这个男人甚至向我微笑，比我在路上遇到的男人们友善多了。谈话进行了一阵子。最后，打字员在那份巨大的名单上敲上了我的信息——代号、日期、目的地。那个男人转眼消失在了某扇门背后。我站在原地，不敢乱动，时不时打一个寒战，等待着我的命运。另一个男人向我走来。他递给我几张证明，上面盖着红色的章。我看见他的嘴唇在动，有点犯恶心。我记起路上某个骇人的夜晚中一张被我咬破的嘴唇。

然后他提高了声音，我回过神来，听见他告诉我保管好这几张纸，直到我到达。好了，你可以继续往前了。他指了指走廊尽头处一个等待着我的工作人员。欢迎来到新大陆——他向我祝贺。

剩下的路程还算顺利。每一个停靠站都有机构的工作站和员工。我放下心来，终于可以在路上闭一会儿眼睛。我的身体正在适应车窗外每天的光线变化。最后一天，我坐上一辆小车，穿过城市、田野、山谷，四处耸立着被各式各样展览和演出的巨型海报覆盖的厂房、水塔、储气罐改造成的展览空间和博物馆，门口有观众排队等待入场。巨大的风扇搅拌着天空。有人告诉我，那叫风力发电机。我终于来到最西端，这块大陆的尽头。我看见路牌上写着属于我的那个地名：镜岛。一名当地人员（穿着和那栋大楼里的人一样的制服）已经在等我，还有其他几个刚到达的人。我下车，出示我的证明（只有"镜岛"是我认得的字，也是最重要的信息），上车，再次驶出背后的马路，离开街区，城市，跨过桥，进入一座树林环绕的湖心岛。

我终于来到了镜岛。我的目的地。

在夕照的红色光辉中，整座岛像它的名字一样，正丝毫不差地映照在湖面上。我的目光离开熊熊燃烧的湖水，被岸上的静谧笼罩。我还不太适应这里除了鸟叫，没有其他任何声音。湖边长椅上坐着三三两两的老人，正在望向湖面。周遭的一切在他们的凝视中似乎并不存在。我不由停下，再次眺望开阔的水面。要不是我的疲累和疼痛提醒我，我一定会以为湖面上的也是真实的世界。我经过这些老人，重新跟上其他人。一栋环形的白色建筑出现在树林中央的草坪上。我走在最后，沿着一条覆满绿叶的长廊移向建筑的大门。风刮得长廊顶部的蓝色花朵摇晃起来。后来我知道了蓝花的名字。Blauregen，这里的人这么叫它。

他们叫我 I6-0。

整座镜岛是个老人院，仍在扩建中。这里有不少工作人员和护工，和我一样，在这一两年里才陆续来到新大陆。我们还没来得及学习这里的语言就投入了工作。没有时间留给我们学习。每天都有新的老人入住，比我们这样的人来得还要多。这里一直人手短缺。每个人要做许多工作。他们说，新大陆上现在都是老人，或者正在变为老人的人。所以我们这些年轻人才能来到这里——他们需要我们的帮助，他们欢迎我们。

对于这一点，我不确定。我的同事们和我一样，记不得出发前的事。他们不比我知道得更多。

不管如何，我是为了找父亲才来这里的。

有人教了我一些最简单的词汇：坐、走、睡、吃饭、请、对不起、你好，诸如此类。很快我就开始工作了。我根本不需要说话。我主要待在花园里，修剪花卉，除虫，和不说话的东西打交道。有很多活要干。夏天，植物长得太快。树林日益深邃。相比之下，老人院很小。扩建虽然紧迫，但推进很慢。该清空哪片树林来盖房，该不该缩减每位老人的生活空间……他们对这一切改动进行仔细的研究，发起投票，直至获得大多数人的同意。很多提议不被通过，因为老人们常常反对变动，哪怕只是一点点。于是经常不了了之。但似乎大家都是满意的，因为事情还是合乎规范地进行着，哪怕没有任何结果。这些不关我的事，我们这样的人还没有投票权。

我很快习惯了在这些溪流、喷泉、花卉和草坪的环绕中度过白天。习惯了这里的静谧和久久不退的光线。只有当我做梦时，我才回到之前的路上，迷路，或者接近着一个被我遗忘的目的地。我在第一个周末参观了院内的迷你动物园。据说这是第一批入住的老人发起修建的，他们希望家人来探望时，孩子可以有机会接近其他生灵。但现在岛外来的探访者很少，好像越来越少了。唯一准时到来的是鸟。它们从早到晚地歌唱，老人们总抱怨它们叫得太早，但在我看来，他们很喜欢这些来自天空的声响。

这里什么也不缺。大部分吃的都是岛上自产的：蜂蜜、蔬菜、水果、鸡蛋。牛和羊可以自由走动、吃草，晚上也不用回棚。这里还有不少被主人舍弃了的老马，人们把它们送到这里来老死。老人很少吃肉。他们接受不了这些牛和羊被屠杀。但我们这些工作人员喜欢肉，每个周末吃一次，也是投票决定的频率。据说当初要在我们对肉食的需要和牛羊之间做出平衡，让老人很为难。我在蔬菜温室里也干过一个星期。幼苗在红蓝混合的节能灯光下长得很快，据说这两种颜色让蔬菜长得比日光下更好，口感也无与伦比。后来我又被调配到水仙花和雪花莲种植基地，这是和一个药厂合作的项目，提取出来的某种成分据说可以治疗早期老年痴呆。这个病在这里的形势很严峻。这里的排水和垃圾都被仔细分类，进入一套复杂的循环和过滤系统。一切都保证纯净和有序，整座岛都得到妥善和精心的维护，自然环境更是保持着一种似乎野生的，并没有被过度维护的天然效果。据说这也是得票数最多的设计方案和风格。

我逐渐明白，整座岛的基本模样是在过去的岁月中由老人们定下的，毕竟是他们缴纳了一辈子的税金，维持一切运行。老了之后，他们赢得了自由，可以决定自己居住的世界的模样。

我们这些人也受益颇多。我们有机会学习、放松娱乐。时不时会有讲座、音乐会、诗朗诵、画展，各种社交活动。老人院有一百多个俱乐部（我旁听过的有托尔金粉丝会、老子研读小组、中世纪神话小组）。最北面有一座小教堂。上次我还去了一个美国心理学家的分享会，别人告诉我，她的题目是："论生态多样性对大脑情绪的影响"。

我一有空就参加这些活动。他们在说些什么我还听不懂。我只是去观察人，试图在人群中猜测哪个是我的父亲。我没有忘记这件事。每天晚上我都很累，一回宿舍就犯困。但我会努力多醒一会儿，认真地想一下这件事。但目前我没有更多的线索。路上的声音也消失了。

不久之后，我在一次冷餐会上见到了于尔根先生。大家都认识于尔根先生。他在老人院已经住了十多年了。他来自本地一个裁缝世家，他的家族早在三十年战争结束后就开始给本地人做衣服。于尔根先生继承了这门手艺。那间制衣铺还在，今年正好已经四百年了。虽然已无人继承（于尔根先生没有子嗣），但它成了当地受保护的物质文化遗产，变成了一个地方小博物馆。相比做裁缝，于尔根先生更热爱的是写诗。他还有个已经过世的喜欢画画的双胞胎哥哥。哥俩的艺术爱好来自母方家族的文艺传统（母亲的家族也来自本地）。据说在过去几十年的地区狂欢节上（如今已不复存在），他总被邀请登台，吟诗，有时即兴赋诗。大概两年前，他逐渐失明。

在老人院里，他也一直成功地保持着这一爱好。在他的大多数听众、表演合作者辞世之后，他仍活着，他的头脑和体力似乎并没有衰减多少。他一个人住在一间独栋的两层楼里。那些楼坐落在百合区——在水仙花区、紫罗兰区、玫瑰区等等十一个区的南侧。百合区的环境最好，楼与楼之间有树林隔开，很僻静。我曾借一次换班特意路过他的房子。在修剪后形状完美的灌木篱笆和树冠之间，我看见了那栋房子，台阶边的紫色山石榴正在开花。

我开始留意于尔根先生。他出现在餐厅、花园或休息室时，人们纷纷和他打招呼：早上好，于尔根先生。好胃口，于尔根先生。他听得出说话的人是谁。他总能随即回答：好胃口，莫妮卡。午安，柏尔格先生。人们听见自己的名字被说对了会嘴角扬起，就像看见镜头对准自己。于是人们更喜欢他。他让他们感受自己，确认自己。于尔根先生也知道人们喜欢这样。他总会多站一会儿，像一个退场的演员，开对方一个玩笑，再往他看不见的空间中投注一个新的微笑，最后把庞大的身躯放进扶手椅里。

迄今为止，我还没和于尔根先生说过话。我不想他听到我磕磕绊绊的吐字。这对一个诗人来说不太尊重。我宁愿保持现状：让他不知道我这个人的存在。我等待着某一天，我可以上前告诉他，我是他的女儿。是的，我想，于尔根先生很可能就是我的父亲。

我开始努力学习这里的语言。于尔根先生的语言。

2

每隔两个礼拜，所有工作人员会被组织到一起，在剧院里度过周日的最后时光。那是一座废弃高塔改造的现代建筑（我又想起来的路上，在东面大城市里看到的那些翻新改造后的旧工业区建筑）。掀开入口处的厚门帘走进去，来到黑暗之中，在下沉台阶上散落着床一样的大软垫，我找到一个空着的，和其他人一样惬意地躺上去。当我仰头，就可以像看天空一样看向塔顶三块悬浮着的巨大屏幕，其中一块正对着我的位置。三块大屏幕组成一个三角，面向低处不同方向的观众。上面的画面同步亮起，持续，消失，像发送讯号的人造卫星。

院方有时称这个定期的集体活动为"沉浸式学习"，有时又说是"康复性舒疗"，我弄不太明白。据说这些内容在所有老人院都是一样的，是一个科教纪录片系列，关于这里的艺术、历史、文化、自然科学。画面中没有人讲话，全片一般十几到二十几分钟，结束后再从头开始。每个人都要到场，门口有人打卡。入场后要保持安静，不许聊天。开始播放后就没人管我们了。没人在乎我们看或不看，我们更不在乎。伴随着循环的画面，会有轻柔的背景声在我们座位四周响起，一道光柱徐徐划过台阶，用渐变的色彩和温度照耀每一个人，模拟不同季节和时刻的光线变化。一整个下午，在这种慵懒安宁的氛围中，我们像飘浮在夜空中，渐渐入睡。我们都睡得很沉，结束时精力十足。入睡后，我仍能清晰地感到画面在闪烁，声音和光柱沁入我的全身，我像在水下，望向天空中摇晃下来的朦胧碎片。

那天播放的是新内容，白字的标题出现在黑色背景中——"Alps"。等它淡出后，一个光滑的地球出现了，放大到我们所在的大陆的南端。世界空无一人（一束寒冷的银光扫向我）。一块巨大的陆地正在海洋中漂移，遇见了上方另一块陆地（海洋声）。它没有停下，继续往上，缓慢但肯定地靠拢。挤压开始了。（配音尖锐，海洋咆哮，波浪击打岩石）两块大陆激烈地角力（我感到挤压，看向旁边却没发现有人），山脉开始折叠，成形。这时画面穿透进入陆地内部，那里，一些软土被削得稀烂，就像土豆泥，外面更坚硬的部分开始被破坏。这一段进行了很久。（就在这段画面播放时，声音变得刺耳，我开始头疼，眼睛却无法从画面上移开）然后海洋冻结了，结出一大片晶莹的冰层（温度让人像置身冰窟），过了很久，气候重新炎热（照到身上的光柱像夏天一样发烫，汗水淌下，像虫子爬过皮肤，灼烧在增强，难以忍受）。之后这难受劲儿消退了——海面上，冰层开始往下跌落（我也在下坠，脚下什么也没有，但挪动不了身体），刨平山峰（刀锋滚过我），直到最上方的巨石终于被凿出尖角，它挺出冰面（我呼吸困难）。在就要昏厥的预感中，我看见一连串山脉耸立起来，陆地连在了一起。终于结束了。我从这台暂停的无形的绞肉机中抬起头来，希望噩梦结束。不光是我在忍受。屏幕下方的昏暗中，四周的人影在软垫上扭动，有人像喝醉了一样试图站起来，但没有成功。有人在呕吐。一阵惊慌蔓延向每个人，因为这见鬼的感受没有随着画面的消失而消失。第二轮画面开始播放了，疼痛更剧烈。有人跑到入口处，敲门，片刻后变成了撞门，就在这时我看到了画面，像跌入另一个梦里。那是我从没见过的画面：一双手在摆弄一个黑色小盒的锁扣，想要打开它。那是我的手，却是一双孩子的手。我通过那个孩子——也就是我自己——的眼睛，看见盒身上的花纹，细密卷曲的植物和花卉图案对称地展开，穿插着重复出现的几何图形，盒盖内侧还有类似某种字符的线条组合。这个盒子看着眼熟，我使劲地想。但我没来得及打开它。门开了，日光在剧院的柱形黑暗中切出一个口。屏幕黑了，大灯全亮了，一切消失在强光中。

第二天，我见到了J2-2。J2-2比我早一年到。他成为我的朋友是在不久前的一天。那次他告诉我，他来镜岛是为了找他的母亲。于是我也跟他说了父亲的事。我们发现我们都不知道接下去怎么做。如今他早已放弃这件事了。也许这样更好，他说。

关于昨天在剧院的事，我们聊了几句。J2-2也和我一样浑身不舒服。像hölle，他说。hole？我问。不是洞，洞是loch。是hölle，hell，地狱。我俩忍不住笑了。这里的老人说不同的语言，我们都学乱了。但我看到了一些奇怪的画面，J2-2说，好像是我原本忘记的东西。我说我也是。我们都觉得有点奇怪。但我们看到的很含糊，也不相同。我俩说不出什么更多的，于是道别，回去工作。

我学语言（于尔根先生的德语）进展顺利，比很多人快，尤其是认字、阅读。似乎我有某种天赋。不久后，我就可以在图书馆自己看书了。这里的书都是当地人搬离时留下的，或者老人们住进来时带的，所以很多书是重复的。最多的是词典，都是大陆这一头的几种语言之间两两对照的。很遗憾，我没找到我说的语言的词典。我先读儿童读物。那上面的词汇简单些。我手里这本是《尼伯龙根之歌》。我对书架上其他的书也很好奇。我会时不时站起来，走到那一排排的书架当中，辨认那些书名和作者名。

当然我最好奇的是于尔根先生。我有很多问题想问他。我查着词典，把字词拼写出来，连成句子，记在本子上。然后我练习怎么发音：于尔根先生，您有没有一个失踪的女儿？她出生于哪一年（虽然我不知道自己的年龄）？她是不是深色皮肤和瞳孔（更像我而不是你自己）？您是否寻找过她？您的妻子呢？……夜里，当老人院这座大钟慢下来，不再催赶着我去工作，这些问题浮现出来，后面又拖着更多的问题，再后面是一串更长的让人难受的停顿和空白。就算我滑入睡眠，这种空白有时还会让我脚底腾空，浑身打战，重新醒过来。

时间移入夏季，白天越来越长。每个房间，每项活动，每个人，都按照各自的节奏运动，又合成同一个节拍，围绕着某个中心旋转，没有人去破坏它。渐渐地，在我们这些人和老人之间形成一种对称的和谐：我们刚到，他们即将离开。我们年轻，不记得过去，他们正走向无法避免的终点。一切变得简单，也许。时间在这里陷于自身。"时间在这里陷于自身"，瞧，我说话变得不一样，像他们的腔调了。

只有葬礼能中断这种时间感。那一天，所有活动停止，教堂重新得到启用。其余的日子里，人们想不到教堂。参加第一场葬礼时，我发现它和我想象的不大一样。出了教堂后，宾客们被带到树林深处，像回到大自然的腹内，整场仪式像一次郊游，伴随着鸟鸣、花香、泉水和林间的日光。岛上的艺术团体和几个俱乐部经常联手对逝者的生平进行再创造：配乐诗朗诵，一件小装置，一部抒情短片，甚至一个舞台短剧，作为整场葬礼的尾声。老人们对这类创作非常投入。于尔根先生当然是创作主力之一。葬礼之后，有时一整个夜晚，老人们只讨论这个最后环节：效果，氛围，大家的反馈怎么样，哪里可以改进，然后互相分享几句作为创作者的心得。他们的交谈总是一成不变地在此结束。

虽然葬礼日我不用工作，但每次结束后我都很低落。有一天我突然明白：我在担心很快就轮到于尔根先生了。而我还什么都没搞明白。不久后我做了这样的梦：我又走在来时的路上，我已筋疲力尽，但就快到了。我在一条巷子里找一间房子。我看到了它。房子不像于尔根先生的花园小楼，它看上去很普通，甚至有点破败，但它让我觉得亲近。我慢慢挨近它。但当我拐了个弯，面前却只有一堵镜子做成的高墙。

我的床头堆满了图书馆里借来的书。我已经开始看稍微复杂一点的书了，有文学、哲学、历史。我对地理也很感兴趣。但我不知道什么时候我才能让于尔根先生认识我。我似乎在等待一个信号，类似一开始，我的头脑中出现他们的声音。我抬头看墙上那条曲线。那是我来时的路。我对照着地图又把它画了出来。我又想起更多路上的事。它们是这座老人院无法想象的。它们和于尔根先生的生活多么不同。我有点害怕把它们和于尔根先生联系起来。

很偶然地，我在图书馆的档案室里了解到一些镜岛的过去。那份建院大事记一直摊开在档案室的入口处，小羊皮手工封面，在一个展示台上被高高托起，供来访者翻阅。它翻开在去年六月那一页，上面是一张宽幅的彩色合照，最中间的十几位老人手捧花束，在刺目的阳光下努力睁大眼睛。照片底下写着："百岁老人俱乐部成员留影"。

这份档案一直都在入口处。但之前它对我来说是关闭的。现在，我可以读懂了。我把册子往前翻，开始阅读：

第一部分
老人院（镜岛总部）历史及背景（2030年—）
摘要

老年人口第一次超过总人口三分之二。

老人院筹建团队在镜岛考察。

镜岛成为境内老人院总部所在地。

镜岛总部主楼落成。

自动化浪潮开始。机器人与人工智能推进产业升级。83% 的四十岁以下人口流失或待业。

各地老人院引进机器人护工。年底达成院内服务全自动化。

Akman 集团宣布破产，自动化浪潮失败。相关公司与机构相继破产；境内机器人生产全部关闭。

全球智能浪潮第三波开启，中以合作长征 A. I.+ 生物实时监控技术领跑。

三十岁以下常住人口负增长率创历史新低。

全部老人院停顿改造。

政府启动"新大陆"计划，第三次移民潮开始。

老人院成为"新大陆"计划首批试运作机构之一。

老人院镜岛总部及各地分部全力支持及参与"新大陆"计划。

老人院成西半球最大产业。

我在图书馆门口碰见了J2-2。他告诉我,这周日还要再放一次"Alps"。院里觉得我们的异常反应属于"播放故障",需要再试一次,排查故障具体原因。J2-2上图书馆来查阿尔卑斯的资料。他觉得那个片子很特别,因为那天之后,他开始每晚做许多梦,好像根本没睡似的,好像作为另一个人又活了一遍,在上路之前的某个地方,这另一个人当然是他自己,只是又像另一个人。弄不懂啊,J2-2说,醒来后,我就恢复一星半点记忆,但都很模糊,就像在水里泡太久的纸,或者我在梦中是个高度近视眼。J2-2给我看他借出来的书,封面是片子里的那座山峰。这是马特霍恩峰,他告诉我,这块巨石本来属于非洲,后来,它越过海岸,在这儿——他跺了跺脚——露出来了。原来如此,我说。

我和J2-2告别,往前走。我的前方停了一架轮椅,上面坐着一位晒太阳的老妇。我注意到她是因为,还隔着一段很远的距离时,她就一直目不转睛地注视我,毫不介意这里的人通常会恪守的社交礼仪(我也恪守)。我经过她时,她突然伸出手,一把抓住我的手腕。我不得不停下,看见她正抬头看我,眼带笑意,这笑意远远超过了陌生人之间的程度。你受苦了,孩子,她对我说。用一种认识我很久的口气。你十分可爱。你的嘴很美。他们本该对你好一点的。她说完了，我在呆笑，不知道该怎么回答。一个护工跑过来，样子快哭了，但终于找回了老人，重新夺回了对她和轮椅的控制权。对不起，她糊涂了，护工在离开前向我吐露。阿尔茨海默。护工指指自己的头。这四个字，她是凑到我耳边说的，不让老人听见，也许是为了表示尊重。

那晚，我的梦从遇见这个老人的时刻开始。她又对我说了一遍同样的话：你受苦了，孩子。这句话让梦中的我大受震动。我转过身，在我的背后是一片火海，中央有一枚晃眼的镜子，我移了下位置再看向镜子，看见里面的自己是那个老人的脸。到处都在燃烧，却像剧院那样无声，火焰冰凉。地上一条引线正嗞嗞作响，活动着，河流一样粗。我追随它，看着它一边烧一边鞭打地面，噼啪作响。大地开裂，我身下的巨块脱离，开始在洋流上移动。它告诉我（以某种不是语言的方式），它来自史前时代。它的宽阔超出我的视野，但我知道它在动。片刻之间，或过去了很久（梦中时间），和片子里一样，它撞上了另一块大陆，和它焊在了一起。我被送到山巅之上。我走下它（像下船），登上面前的大陆。我看见之前梦到过的那条小巷，那座房子。我到了它跟前。门上挂着一块黄铜名牌。我一望见它，就知道它会告诉我某个真相，也许就是我是谁。与此同时我也意识到我将看不清它——登上梦中这另一块大陆后，我的视力就变得模糊。这个念头还没消失我就醒了。我的腿在抽筋。动物园里那对孔雀的叫喊弥漫整个院区。

周五下班前，我接到通知去找人力资源部主管，约兰特女士。她没在办公室。我站在她的桌前等她。在我前方的落地窗外是主楼入口处的花坛，能看到那尊古代勇士和龙博斗的雕像的侧面。勇士单膝跪地，手举欧楂果花纹装饰的镜子盾牌，他的敌人——一条喷火巨龙，因为看见了自己在镜中的倒影而被击败。雕像中，它一半的身体和翅膀正在化为灰烬。这是镜岛城的建城传说：勇士靠着镜子的魔力守住了这座城。

这座雕像让我又想起了昨晚的梦。我有点恍惚。这时约兰特女士回来了。我向约兰特女士问好。用他们的语言。她对我笑的方式让我觉得她喜欢我。她说，就他们对我的观察，我的语言能力已极大进步。老人院人手短缺（这个月又新入住了四十五名老人），所以我将从园林工晋升为高级私人护工。我们决定把你派遣给于尔根先生，下周一开始。约兰特女士说。你将搬到他的房子里，那儿会有一个房间给你。约兰特女士在这里停了下来，随即转为一种更放松的闲聊的口气：你认识于尔根先生对吧？你肯定认识他。没人不认识他。他是个倔老头，某种程度上。他一直不想要私人护工，哪怕失明之后。当然，有日班护工照料着他。但你知道，他下个月就九十岁了。按照我们的规定，九十岁的客人必须有至少一位私人护工。你的语言能力目前已是这里最好的。你学得真的很快，很棒，I6-0。你也知道，于尔根先生是个诗人，讲究语言。我们觉得你和他很合适。所以要告诉你的就是这个事。希望你对此感到高兴。我们祝贺你，希望你接下来的工作和生活顺利。**Have a nice day**。

从约兰特女士那儿出来后，我在湖边的长椅上坐了很久。我需要确定这是真的。草地渐渐变得模糊。眼泪覆盖了我的视线。我做到了。简直像一个奇迹。我的脚下有一种坚固的感觉在形成，另一种热乎乎的感受却让我升腾。是感激。我想。

周日，我请假搬家，没有去看"Alps"。傍晚，我到了于尔根先生的花园门口（山石榴已经凋谢，现在是野玫瑰在花坛里摇曳），走进那所房子。于尔根先生在门口欢迎我。您好，于尔根先生，我是 I6-0。这是我对我的父亲说的第一句话。还好，于尔根先生看不见我泛红的脸。我努力控制着嗓音中的激动不安。

3

我终于搬进了父亲的房子。

我希望，这将很快成为我在这里的家。

我利用打扫卫生的机会走进每个房间，熟悉它。我好奇这里是否有我的照片或资料。但我没看到。整座房子都没有任何人的任何照片。也许当他失去视力后，人们觉得照片是多余的，收起来了，或者扔掉了。但当他打开门锁，允许我进入书房时，我推开门，惊讶地发现满墙都是藏书。

书房很典雅。地毯，沙发，两把设计简洁的扶手椅，一张同款茶几，上面放着插花，旁边是落地灯。他们跟我说你也读过点书。父亲说。你可以在这里借我的书看。然后，如果你想读我的作品——他轻柔却果断地抓起我的胳膊，把我准确地带到了书架的最左端——它们在这里。大概在我的额头、他的鼻尖的高度，我看见几本书的书脊上印着他的名字。

我还没来得及开始读父亲的作品，他就亲自带我走进了它们。每天晚上，我们之间形成了一个书房里的小仪式：他朗诵——有时是演唱谱曲之后的——他的作品，而我是听众。

他几乎可以背诵自己的全部作品。他的记忆力让我吃惊。有时我会取下他的一本作品集（全部由镜岛出版社在上个世纪末出版），找到他正背诵的那首。他的朗诵带着一种本地口音，一种个人化的声音，带我离开诗句的内容，想象那声音正对着我一个人吐露他的所思所感。有时我也回应他，说些能让他高兴的话。大概四个月后，他告诉我，他已分享完全部作品。然后他提议我们再次开始。我当然同意。看来他享受这个过程。也许这是他可以真正享受的唯一机会。有时他也在俱乐部、沙龙进行即兴朗诵，但在那些老人中间，他得到的反响其实不多。虽然他看不见，但他听得见听众的沉默。

我是父亲最好的读者和听众。但我说不上来是不是真的喜欢他写的东西。我开始读拜伦了，开始有点难，但我读得很有热情。我开始抄下我特别喜欢的诗节放在口袋里，这样我白天有点儿空闲就可以重读它们。但后来我觉得自己无法喜欢一些胜过另一些，于是不知不觉地，我已经抄下了半本《唐璜》。到了晚上，我坐下听父亲的诗歌时，它们的光彩褪去了。我会走神，想起父亲跟我说过的他当裁缝的生活。他熟悉常客的身体特征，体型的逐年变化，他们做一套新衣服的各种理由。人和人，其实也没有那么多差别，他说，总能套进那么几种最受欢迎的款式，过几年再换一轮。父亲发现，越了解他的顾客的生活，就越能创造出和他们的默契，为他们量身而做的着装也就更让他们满意。有许多人在他这里做了一辈子的衣服，最后下葬时穿的衣服也是他做的。三十多岁后，当他游刃有余地经营了裁缝店十年，他的兴趣转移到了作诗上。也许写诗对他来说和做衣服差不多？他的灵感总在裁缝店干活时降临。他享受写作时沉静的感觉。完成之后，他又总是期待着诵读的机会。那时，他会注意观察大家的表情，接受人们的微笑、点头和掌声。他的听众为他的文字写活了自己而感谢他。这就像你做了一身完美的衣服，顾客套上它的那个瞬间，他们的表情错不了。看到那一幕是对你的工作的最大犒赏。父亲说。他为每一个他喜欢的顾客和朋友都写过诗。他最心仪的词汇：月夜、霞光、岁月、花园（或庭院）。当他们过世时，他会花点工夫写一首稍长的悼诗，贴合葬礼的氛围（是的，早在他搬进老人院前，他就已经开始这一创作了）。这样，在许多葬礼上，他做的衣服和写的悼诗一起出现，陪伴逝者最后的时刻。它们都是为了带来崇高的和谐——人与自己，人与人，甚至与自己的死亡。他这么总结。诗歌，是为了触摸，消除距离。他说。确实和做衣服差不多，对他来说。我想到。但我没说出来。

有一次，父亲在背诵完一首诗后问我是不是认识诗里提到的这个卡斯滕·恩根海斯特。我说我不认识。你不是本地人？他向我侧过脸来。我看见他的浅色瞳孔表面有我的影子。不是。我轻声说。我紧张起来。我害怕他继续问下去。有太多事我无法向他解释。

但他只是简单说了句：噢，那很遗憾。如果你像我一样认识他，还有我的诗歌里提到的其他人，你会获得更多乐趣。

他一直沿用 I6-0 来称呼我，只有一次他问起我自己的名字。我的沉默让他走神了，幸好他的午歇时间到了。他忘了问过我什么，起身回到他的卧室。

J2-2 给我打来电话。我已经很久没见他了。自从那个周日搬进百合区后，我就再没见过其他同事。

你上周日怎么没来剧院？J2-2 问我。我跟他解释了我现在的境况。我想告诉他，我认为于尔根先生是我的父亲。但我没说。

有线索了。J2-2 说。我们知道那些画面为什么让我们难受了。但这是好事。

我有点没反应过来 J2-2 在说什么。我很久没说我和J2-2 的语言了。如今我发现它是破损的，太简单，说不清很多细微感受。我现在活在他们的，和父亲的语言中。J2-2 的说话方式现在听起来像小孩，我反而不明白了。我让 J2-2 说慢点。

那个片子有故障，你记得不？他们查了，结果出来了。他们不想告诉我们。一个打扫的同事看到了，一个文件，里面有结果。他们对我们用 Ultraschalltherapie。

Ultraschalltherapie，ul-tra-schall-the-ra-pie，我反复念着这个单词，它耸起六个波峰，像六枚尖刺。

我们猜，这和我们的脑子有关。这次播放，我们更疼，但记起了更多。所以疼是好的，你说呢。我记起很多，很多。J2-2 停顿了一下，然后他的声音低了下去：我们偷了那个光碟。我们要去教堂放一次。这里只有教堂没人用，空着。你来吗？

什么时候？我问 J2-2。

下周六。J2-2 告诉我。只有那天可以。在剧院放下个新片之前，他们要回收光碟。大伙说，再一起看一遍，看个够，看一整晚都行，只要我们不会疼得死掉，直到我们有了答案。周日下午前，我们会把光碟偷偷放回去。

我知道了。我说。等着 J2-2 说话。

回他们并未再次和我们联机。沉默之后，我问 J2-2：你现在还信你心底了吗？

是的，加快了一场战争，J2-2 回答。很多年前，也许是我小时候。在我的家乡，所以以至没有你的母亲。

然后我告诉他，我找到父亲了。

不等他回答，我继续说：也许我不去教堂。总之，不用等我。然后我挂了电话。

除了书房里的小小仪式，父亲最关心的事还有这几件：别人的语法错误（主要就是我的语法错误）、他自己和朋友的体检指标（没有大问题）、被褥和毛巾是否一如往常柔软蓬松、家中物件的固定位置（他会因为摸不到它们而焦急不安）。我的职责，就是维持这个让父亲舒适省心的世界的运转。

在这栋房子里，我也开始感到轻松自如。大部分时候，我不再想到它之外的世界。现在的工作比之前轻松多了，对我来说它也不只是一份工作。对，它不再是工作。我是一个照顾父亲的匿名女儿。再说，我已经停止了领工资。这是"高级私人护工"的含义之一。作为犒赏，我可以自由看书（我父亲的书，而不是图书馆谁都可以摸到的书）、喝咖啡、陪同父亲欣赏音乐和绘画。只有当我尽力去想，我才能感到自己稍稍脱离开脚下的位置，看见自己不可思议地待在这栋房子里，在百合区，在这座岛上，在整块大陆的这一端。而在我画的那张线路图上，走在那条路上的我像是另一个人……是谁呢？

我的脑袋又落入那片熟悉的空白，它把我钉在里面。J2-2 电话里说的事又回来了。当我空闲下来时，它总是出现。我在犹豫。我想，下周六之前我需要多思考。

天气越来越热。清晨，我和父亲吃早餐的时候，电台新闻突然插播东部多个城市全城停电的新闻。第二天，停电的事还在继续。我从同事那儿知道，其他各分区的老人院里有多名老人中暑和休克。后面几天，新闻里开始报道一些地区事件，和老人院有关。许多工作人员离开老人院，原因不明朗。不久后，镜岛总部也有动静了：所有部门接到院长通告，我们这里将出现住宿和床位调整，容纳东区因人手不足而转移过来的老人。

百合区也将发生变化。我们的房子将进行改造，父亲和我将与四位东区搬来的老人和护工合住。父亲很生气。他向院方提出诉求，他愿意个人多付些钱，让房子保持原状。他的请求被拒绝了。他们说，目前施行的不是老人院院规，也不是原来的国家法律，而是新大陆法。

父亲开始在夜里失眠。他叹气多了，背也开始疼。白天，他在书房里待很长时间。他早已把这栋房子看作属于他的。他工作一生，按时交税，缴纳养老金，为的就是期待着在晚年，他可以收获一点来自他人的善意和尊敬。"崇高的和谐"，这是他对世界的认识。他也希望自己葬入家族的墓地，有一个恬静高雅的葬礼，也有人像他为其他人做的那样，尽心为他的葬礼添加几笔难忘的色调。最后，他的墓碑上将刻着他自己的诗句:"尽可能长久地致力于美。"他几乎就赢得了这一切。就差一点。现在,他还活着,世界却变了。他为此茶饭不思。我的安慰对他来说无济于事。

我听见他打电话给家人。这还是第一次。他给不同地方打了几通电话,同样的话:数落院方,接着是批评国家和政府,生气,叹气,最后提出请求,让对方来一趟镜岛,让他们记下时间、位置。两天后,我见到了于尔根先生的家人。确切地说,是他双胞胎哥哥的子女们——他的侄女、两位侄子,和他们各自的大家庭。三十多个人挤满了客厅。

我和他们一点都不像。但是,他们也不比我更像他的家人。大家提了些在我听来太过简单和表面的意见,来来回回抱怨院方处理不当。最小的侄子最后表示没有办法。大家都同意。然后大家一起用茶点。我为他们续茶、端上新鲜的草莓蛋糕。大家享用得很愉快,肩膀和脸部松弛下来,家庭会议终于重又成了轻松闲适的聚会。现在在岛外很难吃到这么纯净健康的东西了,他们说。然后,他的侄女劝他忍受一下。这里可比外面好多了,她说。您不知道,外面现在真的是……唉。也许住宿的事情只是临时的,东部恢复正常之后,这些新来的老人也就回到他们各自的老人院啦。

父亲坐在躺椅上,一动不动。他的表情在退去。他正独自坐在一团漆黑的世界中,那团黑暗现在似乎流了出来,无处可去,只好堆积在他身旁。他的大手在膝上无意识地摊开着,像是要从空气中摸到一句合适的话。但一直到会面结束,他都没能成功。他没再开口。最后,客厅陷入沉默。一阵婴儿的哭闹给了众人离开的理由。

在他与家人——不，家族成员—— ——告别时，他的脸上却露出了一种古怪而感伤的笑容。我明白了，他知道结局已定，只是借机再一次召回他的家庭。但会面并不像他期待的那样。汽车陆续发动，驶远，花园和房子恢复了寂静。父亲看上去筋疲力尽。他站起来，几乎有点跌跌撞撞地离开客厅。他摸索衣兜中的钥匙，打开书房的门，走进去。我在他身后步入书房（是的，我们有这个默契），打开收音机，屏蔽掉嘈杂的新闻播报，调到音乐频道。随后我坐到他旁边。舒伯特渐渐充溢书房。我感到我和他都如释重负。

他看起来十分脆弱。我的情感突然变得冲动——我想要拥抱他。

但我不能。我口气轻柔地问他：所以你从来没有组建过自己的家庭？没有孩子？

很久以前有过。他的回答十分简短，却足以让我再次激动。

哦，是吗？发生了什么？我竭力克制着语气。我准备好了：关于我的故事。

出乎我的意料，他没有说下去。我以为在送走了他的家族成员之后，他会向人倾诉。向我。毕竟他现在是个孤零零的老头。我想错了。再次开口时，他的语气重新变得冷淡。他说他想一个人在书房待一会儿，让我去给他沏一杯茶，并且着手准备晚餐，虽然时间还早。

翌日，在我们还没反应过来之前，四位老人已经搬了进来。父亲为了捍卫最重要的书房空间，把他的卧室搬了进去。书房成了他的碉堡。他现在吃、住都在里面。他很快重拾了他的固定生活节奏，只是现在范围缩小到了书房。为了对抗让他失望的眼下的状况，他重新燃起了属于老人的斗志：活得更长。他恢复了对每周体检报告、被褥毛巾蓬松程度和语法问题的关注。我们的朗诵仪式也恢复了。他还有了一个新计划：既然如今一直在书房待着，不如利用这个条件，做一下书籍护理。他会指导我怎么专业地做这件事。然后，我可以帮他创建一份数字版的藏书目录——几年前他就想做这件事。

书房外，房子的状态越来越混乱。新来的老人很快就把这里当作自己家，就像他们已经在此住了很多年。他们没有父亲那么爱惜这里。也许这是东部老人院的风格。幸好父亲看不见这些。晚上，我们头顶总会有什么东西被拖动着，发出巨大声响。

父亲没有工夫和新来的老人交朋友（也许他也不愿意）。他现在痴迷于摆弄书籍。他让我把书一本本取下，摊开，报给他书名，告诉他书脊和书页的细节状态，再由他来制定具体护理方案。这件事现在比朗诵仪式更重要。他面前放着一个大工具箱，几乎占满整张茶几，里面是一整套书籍清理的工具，上中下三层，每层从左往右的工具尺寸由小到大。这个箱子是他以前在罗马一家中古书店买的。书房现在摊满了书，只有一条通道可以落脚。但这不碍事。白天，父亲几乎已经不再离开躺椅。晚上，我会搀扶他避开地上的书，去书房角落的床上躺下。

草坪和花园现在变成了临时营地，不再整洁。后续到来的东部的老人和工作人员睡在搭起的帐篷里，等待房间分配。我看见原来的园林工、蔬菜工同事们都成了新的护工。一定是人手更不够了。电台和电视台信号中断了。我们无法跟进停电的事和东部养老院的情况了。一天夜里，镜岛也发生了停电。第二天总算恢复了电路。整个总部院区正在越来越超负荷。岛上的人却还在增多，每天都有大巴（我第一天上岛时坐的那种）运送老人们到来。

我从房子里的另两位护工那里听到了一些事。是那四位老人告诉他们的。而四位老人是在来之前，听更靠东的老人院里的什么人讲的。总之，现在除镜岛总部外，其他老人院都在陆续关闭。没人知道关多久。不过所有人都认为是临时的。这片大陆遍布老人院，永久关停是不可想象的。但关闭不是因为停电。是里面的许多工作人员举止变得奇怪。他们有的人拒绝再工作，有的人是情绪突然出现剧烈波动，不适合继续工作。出现这些状况的，基本都是这两年里到来的工作人员。据说还发生了老人受伤的事：不少工作人员激动不安，和老人起了冲突。最后，短短一段时间内，不同老人院里的工作人员都成批离去了。

我们三人坐在楼梯间的台阶上说着这些。台阶通往地下室的库房，现在成了我的卧室。原先属于我的面朝花园的卧室由院区分给了一位老人。父亲突然出现在楼梯顶端。他气喘吁吁，叫着我的名字：I6-0。我们散了。我搀扶着父亲回到他的书房。一路上，我观察他的表情。我担心他因为找不到我而生气，或因为听到我们说的话而生气。因为失明，他失去了控制表情的能力，或欲望。他的所思所想暴露在外。但我此刻看不出他在想什么。

书房很昏暗。早上我忘记拉窗帘就出去了。我感觉内疚，让父亲一上午都独自坐在黑沉之中。很明显，这阵子我也受到了变动的影响。我也没空再读拜伦了。我走到窗边，拉开窗帘。天气阴沉，没有阳光的踪迹。似乎一场阵雨就快落下。大风晃动敞开的窗，用力拍击地上的书页。我赶紧走过去关窗。

先生，您刚才找我？我问他。

父亲没有回答。他脑门上的金发被风吹得乱七八糟。他抬起手，指着房间的一个角落。大声点。他说。我听见收音机在响。电台信号恢复了。我把音量旋大。

"……目前未明。据悉，他们多为第三次移民潮后的员工，即 2047 年 1 月 1 日'新大陆'计划启动之后，主要由老人院接收的外来人员。目前罢工原因仍在调查。据道路监控摄像观测及实时热线反馈，大部分人离开老人院后正在往东。没有聚集迹象。目的地未明。但另有一股四五十人的人群正往西移动，已过莱茵河，即将穿出原德国国境，目的地未明。目前没有暴力倾向。'新大陆'计划委员会正在商议应对措施。请市民保持冷静。"

未明，未明，未明，一点用都没有的家伙。父亲抱怨道。我知道得都比你们多，你们这些会议爱好者，口头观念的奴隶！他痛骂了一通决策者，顺便引用了他自己的诗句：爱与美的骷髅在哭泣。自从搬进书房后，他头一次像现在这样精力十足——像我刚认识他时的样子。他滔滔不绝——

他们还是他们，发明再多的办法都改变不了，不懂知恩图报，不知好歹。这一代代来的人是怎么报答我们的，难道我们都忘记了？噢，确实，因为记得的人已经是些死人了。可我还活着呢，有人还记着，这儿！他们从水深火热中来到我们这里，结果呢？对我们这里不满，那里不满，到处都是他们在闹事，杀人放火，他们对我们干尽了坏事。那还没过去多少年呢。可我们不提，因为我们自己更早的时候也干过坏事，我们一直觉得亏欠别人，欠所有人类一笔债。我们要保护他们和我们的关系。为什么？——因为我们现在都是些弱势老人，他们年轻力壮，我们支支吾吾怕得罪他们？没错，这片大陆上的人都老了，神也早就衰落了。教堂都空了。修道院一个接一个地关闭了。他们却每天和他们的神说话。一天五次，也太多了，根本不能好好工作，我们的钱都用来养他们了。一个无底洞。我可是看了他们很久。大半辈子里我都在盯着他们，我可知道他们的秘密，我也敢说出来：他们的所有问题都是因为祈祷太多。才会在他们自己心上筑起高高的围墙，才会有不平，才会有战争。在他们自己家门口，在我们这儿。我们这儿，谁没吃过战争的苦？但我们熬过来了，我们待在自己的地方，不离开，我们从头干起。为什么，他们就不能老实待在自己的地方？他们全都应该回去，去把自己家里收拾出来，好好待下去。反正，我们早就和他们扯平了。这就是我的感觉。我们不欠他们的。我们还完债了。但又来了第二拨。电视上成天地说：我们需要工人，我们的年轻人没有了。他们肯干活，已经不错了。好吧。我们聪明了一点点：从他们离开老家那天起，我们就给他们每个人戴一顶那种帽子。情绪，心理，各种指标，如果不对，我们立刻就知道了，就可以帮助他们。至少我们这么希望。也帮助我们自己。但我们做得还不够聪明。于是他们又觉得被冒犯了。我们告诉他们，在这里，我们也是这样给人做体检的，头上戴着那种帽子。他们不听。要知道，如果不是他们自己心虚，干吗害怕？有什么不能让我们知道的呢？不，他们不接受。留不住他们。现在是这些第三代。"新大陆"计划来了。我不知道这个计划的委员们、董事们，又发明了什么办法留住他们。但他们总归是一样的，不会更好的。留他们干吗？我们并不需要他们。为什么需要他们？因为我们老了？不，我们不需要。我不需要。I6-0，你在听吗？

他突然住了口。他的表情变得空白，接着是恐惧，最后是惊愕。倒不是被他自己说出来的话吓住，我想。一个人不会被自己一向有的想法吓住。他是被自己不加遮掩就倾倒而出的举动所震惊。一定是这些天里的对抗让他乏累了。他一下失去了控制。好像自己剥光了衣服才意识到房间里有别人。像他这样一个有教养的人，重视人与人和谐的人。我也为他的赤裸感到难过。是我影响了他。我是个太好的听众，太沉默的女儿，简直好得太过分。我生我自己的气。为我已经如此习惯先考虑他的种种感受生气。我应该早一点和他聊聊，告诉他这一路上我们这样的人都经历了什么，不知道自己是谁的空白又是什么。可我说不出口。我害怕。害怕我和他的不一样。害怕他不接受我这样的女儿。很久以前，他有过孩子。我还抱着希望，那个孩子就是我。所以我一个字不说。我本以为，他看不见我的样子，反而让事情简单些。但现在这一切太糟糕了。不光是他的这些话。这些日子里，我是怎样忍受他对我口音和语法的一次次纠正的？明明是一些小错误，明明他已经听懂了我的意思，却仍要指出我哪里"不合标准"。他将一直纠正我，直到他生命最后一刻。他不知道，我创造出这样的"错误",他可以理解的错误,花了我多少力气。想到这个,一切变得无法忍受。

I6-0,对不起。我听见他在道歉。Entschuldigung,sorry,他重复着。这还是他头一次对我说出这个字眼。他恢复了冷静,口气慎重,带着一丝焦虑:你知道,我其实一点不介意,我不在乎这些。我们相处得很好,不是吗?他朝我这儿站起来,抬起手臂。他碰到了我的胳膊——他抓住我。

他的道歉让我恍然大悟。我顿时明白过来——他是刚刚才想到,我,这个他看不见长相的护工,这个把他默默当作父亲的人,很有可能就是第三代到达者。在这之前,他半点都没想过这件事。我对他来说,是I6-0,一个应答他的存在。在他漆黑一片的世界里,我连个影子都没有。

我站在那里。我突然意识到我有可能是谁,来自哪里。

我想去教堂。我必须去。

他的手心在我的胳膊上冒冷汗。我扭动手臂。但这只手很有力。现在他倾注了所有的力量和注意力抓住我,抓得我骨头又疼起来。但太晚了,我的于尔根父亲。我挣脱了。我用力过大,把他撞倒了。我感觉头昏。一种过烫的东西正冲入我。一阵雷声滚过,像一个恰好的声音效果,让刚刚的一切像一场舞台上的表演。一次他主导的表演。

然而并不是。我在哪里都找不到能说出我此刻感受的字句。在我学来的他们的语言里,在这座岛上所有的书里,在于尔根父亲写下的诗歌里,我找不到。不,我不可能在这里找到。

4

我穿过整个院区，往教堂跑去。远远地，我看见一群人正涌下教堂台阶，在暴雨中四散。他们都是我的工友，但每个人都和平时不太一样，有的在狂笑，有的在哭，有的脸色凝重或发白。他们彼此之间没有说话。奇怪的静默中，他们被什么剧烈地扭动了各自的身体和脸孔，他们的后背似乎在雨中融化，涌动，连成一片瘦骨嶙峋的海浪。吃不够的肉，干不完的工作，让我们很瘦，都很瘦。我终于看清了我们是怎样一群困苦无望的人，忍受着说不出来也看不见的奇怪的自己。然后我看见了J2-2。他大张着嘴，脸上没有血色，佝偻着瘦高的身体，像在躲避天上落下的东西，仿佛那不再是雨水。他朝我这边走来，但是他没看见我。好像有一层透明的东西紧贴着他整个人，把他罩在里面，让他窒息。我好不容易拦住了他。他还在朝各个方向挣扎，无意识地撞着我。终于，他认出了我。我问他发生了什么。他动了动嘴唇，没有发出声音。

教堂里没有人。厚重的木门在我身后合上，把外面的世界隔开了。这是我第一次进这座教堂，第一次进入一个叫作"教堂"的地方。过道很长，我看不清尽头处有什么，但我看到高处是空的，没有我在照片上见过的那个被痛苦和悲伤扭曲了躯体的耶稣。我一边往前方快速走去，一边无法不注意到那些巨大的玻璃窗，涂满星空的穹顶，还有那些彩绘玻璃上的圣人和先知。教堂内部汇聚着属于自己的一种特殊光线，让我想到 himmel 这个词。天堂。我走进它，渐渐看清了这里那里显露出来的破败迹象。没有人的气息。himmel 被废弃了，变成一个剧院，和宇宙一样空空荡荡。

一个跳动着的亮块沉在教堂底部，在过道的尽头。当它转暗时，它变重了，几乎要凿穿教堂的地板。我想起晃动在我梦中的镜子。不能怕。我对自己说。我走到它跟前，看见那上面是那个片子：Alps。它仍在循环播放。

我在它面前坐下。它不再挂在半空中，现在离我很近。大地、海洋、山峦，在我眼里变成同一种动荡和扭曲，巨大的破坏在我面前重复。除了画面外，万籁俱寂。很快，没有什么征兆，一种声音出现了，一股拖长的毫无变化的噪音，仿佛从很远的地方，也许是地平线另一头，有什么东西在过来，在快速移向我，绝对、冷酷、陌生。我不安起来，脑壳一阵剧痛。来了。我想，好像在给自己发出指令。

画面开始剧烈抖动，像死去的星星突然同时出现在黑幕之中。但这里面没有什么美丽的感觉，只是一片洞开的恐怖的无限在爆炸。但我不是观众，我开始与那些画面一同呼吸，运动，被拉扯，争夺，因为那统统是我曾经活过的日子，是我自己，又像仅仅是一摊可怜的呕吐物。随之是一种亮起来的感觉，流淌的感觉，爆炸过去了，不再庞大、拥挤，开始沿着一条时间线整理自己，像手术进行到尾声时的缝合。可是一切没有变好。那些跳动的画面被擦洗，曝光，明亮得过分，像不知如何下降的发白的雾。

醒来已经是第二天早晨。直到看见自己的衣服还是湿的，我才知道这不是梦。但我是怎么离开教堂，穿过老人院，回到那所房子里的，我毫无印象。路上有几次我想吐。

在我有限而模糊的视野中，我感到周遭一片混乱，人们似乎正在撤离，又像正在到来，从这个房间那个房间冲进冲出，发出不能自已的叫嚷。好像人人赤身裸体在同一个混乱的梦中。过去的日子又回来了，这里变成了正在经受炮火的街道，或者飞着子弹的边境线，身旁的人一个接一个倒地，我爬着，想找到一个藏身处。

我跪下，开始祷告。Allāhu'akbar，Allāhu'akbar，我一遍遍重复我的呼唤。但无济于事。我站起来，挪动脚步，直到眼前出现那栋房子的台阶。我走进去。屋内没有声音。大门敞开，地板满是泥泞，门厅和楼梯上散落着人们匆忙离开时扔下的物件，或者一次抢劫之后被留下的没用的残余物。我努力保持镇定，尽管我浑身都在发抖。朝书房走去时，我忍不住盯着脚下，那里似乎只剩下空气。

书房还是我离开时的模样。于尔根先生坐在躺椅上，闭着眼，庞大的身躯蜷缩着，凹陷在椅背中。他睡着了。他一定在等待中用光了最后一点气力，不知道清晨已经来临。在稀薄的光线底下，他的脸僵硬、紧缩，像蜡像。他的手里握着一把刀，一把削水果用的小折刀。

他突然睁眼，灰白的眼珠转了一圈，脸的其余部分却一动不动。他的意识随即退缩进黑暗里，在那里继续等待。他听见了我的喘气声。他挺起脊背，举起小刀，朝着我的方向挥了一下。刀碰上我的胳膊，蜇了一下。但不算什么威胁。我浑身的麻木让它不值一提。拿刀的手缩了回去。片刻后，他放弃了。他的手臂垂落下来。

而我的心里只有强烈的倾诉的欲望。尽管他不是我的父亲。但除了他，我还有谁可以倾诉呢？

我从他手里取走那把小刀。他吓了一跳。我拉过他的手，把它放在我的脸上。他的白色的、长着老年斑和金黄绒毛的巨大的手滚过我的额头，我的眼眶，我的深色皮肤。我看着他的脸。我的面孔渐渐在他手底下浮现。他的面孔抽搐起来，滚过一阵惊恐。他想要抽回手，但被我按住了。我看见他的舌头在嘴巴里咕哝，但他没有说话。他的脑袋一歪，倒在了躺椅之中。

我开始说话。在我的母语之中游泳，根本不用费力打捞字眼。我累了。找寻字眼，被他纠正我的语法和发音，这没有尽头的一切让我累了。我现在可以用自己的语言说话了。它们全部回来了。它们像水一样从我的喉咙中冲出——

我叫穆娜·阿卜杜勒·萨阿德，出生在大马士革的南部。战争已经在那里断断续续进行了三十多年，最近的一轮。事实上，战争已经持续了几千年，或更久。自人类诞生以来的战争从未在我们那里终结过。但在我出生后，战争缩小了范围，我们得到了长久忍耐后的一点点平静。当然城市都毁了，到处是废墟。但有很多人和我家一样，选择留下来。我的童年没有书本和学校，但我学到了所有关于化学武器、集束炸弹、热压弹、弹道导弹、反坦克导弹、无人机和一切在其他地区禁用的人类最先进武器的知识。我也习惯了流弹的声响和火球劈开天空的强光。我还有一个姐姐和一个弟弟。但在我们逃亡到黎巴嫩的路上，他们连同我们的母亲都被炸死了。在的黎波里，我的父亲找到一份短工。在大马士革，他和我母亲都曾是文学教授，但他现在必须从头学起，当一个建筑工。他一直坚持给我在家授课，教我阿拉伯语文学，他也尽量能找到什么书就让我读什么，我读了《古兰经》、布赫图里、歌德、席勒、拜伦、莎士比亚、瓦莱里、兰波、狄更斯、伊本·古太白的《诗与诗人》。我也读什叶派的圣书。我和父亲彼此依靠，捱过了在的黎波里的第一年。一切都是困难的，但我们抱着希望。那时我已经开始学习波斯语。那时我学语言就很快。白天，我在一个当地好心人开的学习班给小孩子上阿拉伯语课，孩子年龄不等，多半来过几次就永远消失了。我们坐在地上上课，冬天，我们就站起来，跺着脚大声念书。傍晚我回家，等父亲一起吃饭。或者不吃。回家后父亲常常闷坐。除了每天繁重的劳作和丧亲的隐痛，我知道他还在为超出我们有限生命的东西忧愁。那个东西，也许你可以称之为"文明"。他很悲观。但他不让我知道。有一天，父亲带回来一本在街边买到的查希兹的《动物之书》。虽然那只是七卷本里的一卷，还有残损，但我和父亲都很兴奋。之前我就听父亲讲过查希兹这个人，我对他很好奇，也很崇敬。不仅因为父亲告诉我他的写作充满黄金时代的自由和开阔，而且他也是自学成才，也是年轻时就开始自学波斯语。这两点和我那时在做的一样。那晚我们吃了一点简单的烤饼和红茶，洗干净手后，我俩挨在一起，在昏暗的隔间里一起看那本书："我想让你知道，一块鹅卵石就能体现神的存在，和一座山峰能体现的一样多。包含我们世界的宇宙若为强有力的证明，人类的身体亦是。有鉴于此，弱小、轻微之物托载的重量与伟大、广袤之物是一样的。"

　　自那个夜晚，我开始了解查希兹。我搜寻更多关于他的零星记述，在心目中想象他和那个黄金时代。一个月后，在从工地回家的路上，父亲被一枚霰弹击中。我还没来得及埋葬他，就被"新大陆"计划接收了。那是我十七岁生日的第三天。

那个计划是让我们得到"净化"，随之让这个计划自身也消失得干干净净。我被政府人员带进"国家健康与医学研究院"做体检。那是一座像医院一样洁白的小楼，藏身在一片街巷之中，离殉道者广场不远。我不知道在的黎波里有这么漂亮整洁的地方。每个房间都安装着彩绘玻璃，你们教堂里的那种。我换上了一次性衣服，甚至喝了点咖啡，吃了几片面包。然后我们被按照年龄和性别分了组。做完常规体检之后，我被领进一间小房间，他们给我头上戴上一种设备，我面前的屏幕上开始播放影片，一些没有人的画面，山脉、花卉、瀑布，我记起来了，那画面就像"Alps"那样。然后我听见隔壁房间响起一串哔哔声，随后停了。但没有人叫我出去。我在寂静中坐了很长时间，也许睡着了。检查结束时，我什么都没感觉到，就这样被取走了全部的记忆。为了让我们来到这里之前，根除我们身上的"潜在威胁"，他们对我们做了这样的事。就这样，我成了一个活死人。从小房间出来后，他们告诉我们，战争爆发了，全城的人都将撤离，我们最好出境。这时有一声刺耳的警报划过城市上空，听起来特别恐怖，就像那是我第一次听见这种声音。那一刻，我不记得我已经成百上千遍地听过这种声音，不记得它是我过去生活的一部分。为了让我们有逃离战争的渴望，对战争的忍耐也被拿走了。于是我开始了从南往北、从东往西斜穿过整个大陆的路途。这也是计划的一部分：这段路程用来创造我们记忆的起点，让我们为到达目的地欣喜，"心态更健康"地迎接这里的新生活，作为难民。这些都是仔细设计过的。至于来找寻父亲的信息，我猜也是他们放进我头脑中的。他们拿走了我们最重要的东西，总得移植一点希望吧，哪怕是假的。但Alps，那个片子出错了。也许他们拿错了片子，拿了最早用来给我们"体检"的那种片子。昨天，在教堂，一切发生了。我们的脑袋里有了新信息，它向我们解释这一切，就和你说的一样：第一代移民是强制性难民，适应得不好，造成许多问题。他们被遣走，危险分子被关进了"康复中心"。第二代移民开始受"帽子"的监控，但耗资巨大，也不成功。从我们这些第三代开始，这个计划采用了现在这个做法。这一技术来自那个超级大国，当然。那里现在有最好的技术。据说居住在那里的人，特别是在西北部，已经成了无记忆的人。这个计划确实成功了很长时间。直到昨天。

但我如何知道揭穿一个秘密的不是另一个秘密？战争，它确实发生了，无数次，但假如连后来的战争都只是为了把我们变"干净"，好在这里再次使用我们呢？我不知道。今天早上，当我在教堂睁开眼，我记起了自己是谁。但我同样并不知道自己是谁。我还能用什么来获取我是谁的答案呢？一切都可以篡改，拿走一些，塞进一些。但忽然之间，我记起了查希兹的一句话，那个记忆是我绝对不可能搞错的一样东西："狐狸惧怕鬣狗。其他动物惧怕狐狸。这是自然法则：一些生命是另一些的食物。小型动物吞下更小型动物；大型动物吞不下比它们更大的动物。人类对待彼此，和动物一样……"这也是他的《动物之书》写到的。

于是我终于可以确定，我是穆娜，我是现在和你讲着的这个故事里的这个人。我哭了很久。

我想再讲讲他，我的第二位父亲，查希兹。他对我意味着什么，你已经知道了。他是九世纪的人，一位"哈基姆"——你们说的通才。他出生在伊拉克巴士拉，底格里斯河和幼发拉底河就在那里交汇。离巴士拉不远，就是亚伯拉罕的出生地。在我们那个干旱的半岛上诞生过许多人类先知。他就在那个地方出生了，后来成为我们的第一位阿拉伯语散文家、神学家、自然科学家。al-Jahiz，这是他的名字。意思是"凸眼人"。他是埃塞俄比亚奴隶的后代，他的眼睛是非洲人的眼睛。人们认为他的凸眼特别丑。今天，人们反倒记住了这个有点滑稽的形象。他会说希腊语，和说阿拉伯语一样好。搬到巴格达之前，他在巴士拉就接触到了希腊语、希腊文明。他的写作常常引用古希腊哲学家，亚里士多德最多。他的七卷《动物之书》就是和写下《动物志》的亚里士多德对话。他自学成才，要知道，他小时候只是个鱼贩子啊。他的思想的摇篮由三股传统编织：阿拉伯文明（他终身捍卫），希腊思想（源源不断地从地中海另一头传来），波斯传统（他始终想防卫它的过多侵入）。在这三股泉流的漩涡中，他找寻我们文明的未来。后来的人有点把他当作一个英雄小丑，加上他的模样，他被记住了，一段时间内名声越来越大：一个文体家、一个激进主义神学家、一个爱讲下流话的嘲讽大师。我想，他们把他缩小了，变形了。也许因为面对你们恢弘的文明，我们的人后来感到他身上有种不恰当的、让人尴尬的东西，有折损我们的形象的危险。于是我们让他变形。我们太敏感了，因为我们太虚弱了，不过和你们的虚弱不一样。再后来，无人再认领他复杂头脑的全部。我们很少想到，他的混乱和离题是故意的，他借此反对他的同时代人，那些人太被习俗所困，想象力少，模仿本能旺盛。事实上，他一直是个严肃的思考者。他故意挥洒那些淫秽的玩笑、密集的幽默，冲撞我们太过古老坚实最后变得空洞的信仰边界。他就这样一面受制于我们文化中一向太庄严、太沉闷的重力，一面又试图成为一个轻快的飞翔者。没人留意到，他在飞行时从来不会被绊倒。他知晓用趣味和机智来中和那种重力的秘密配方。透过他，我看到一个对恶心丑陋之物与愉悦美好之物平视的神。这是不是来自他奇特的非洲视力呢，那双凸眼？我不知道。但我知道他也不完美。他的思想最后到达了哪里？他晚年的作品是怎样的？我都不能知道了。他写了两三百部书，只有少量留了下来，其余的都散佚了。很多是别人对他的引用。我的那本《动物之书》当然也失踪了，我们住过的那栋房子也许也已经炸成了碎片。我从没去过巴士拉。我听说那里生长着几千棵枣椰树，你知道那种树吗？它被我们称为"生命之树"。但它们现在都死了。巴士拉现在只有垃圾堆、臭水沟和石油的呛人气味。查希兹也被忘却了。

这就是我的第二位父亲，查希兹。哦，我忘了告诉你他是怎么死的了。最后他死在了自己的书房中——被一堆倒塌下来的书砸死了，当场毙命。也许我的两位父亲现在有机会聊天了。但我再不能知道了。我现在在记起了这一切。然后我想到了你。为什么你不可能是我的第三位父亲呢？我到了这里，多奇怪啊，他俩都从未踏足过这里，却在那个不停毁坏的世界中竭力想象这里，好像借此能挽救我们自己。但我到了这里，以这种奇怪又瘆人的方式。我在这里努力接近你们，学习你们，到头来，我却只有你。你也只有我。但是——我现在又想起你准备刻在墓碑上的那句话——"尽可能长久地致力于美。"这句话现在听起来不是很可怕吗？

我回过神来，重新觉察到我在哪里。在我面前，老人已经完全僵硬了。他是什么时候咽气的？我想起在我开始说话之前，他的脑袋就垂了下来。但我被倾诉的渴望抓住了，没有觉察到他已经听不见。一切都晚了。他不再能知道我是谁。这对他来说也许不重要。从来不重要。他死了，彻彻底底。我和他，再不能发生什么了。

屋外已经全黑了。火光和叫喊声投进窗口。我又闻见了焚烧的味道，熟悉的动乱的味道。我看见和我一样在来之前就经历过这一切的人正在涌上这座岛。他们无助又亢奋，像孩子，冲着天胡乱叫喊，移动中的声音彼此淹没，变成一阵无意义的隆隆声。我又看见了那尊古代勇士的雕像。它被砸碎了，手上举的那面石头镜子也裂成了几块，被掷在地上。他们踢着雕像的头颅，让它像玩具一样在草坪上滚动。他们需要宣泄他们的失落和仇恨，在他们知道接下来要干什么之前。在这些新大陆的孤儿们四周，最后一批老人正在逃离这座毁灭中的花园，一边仍用力紧紧攥住眼前的生命，好像死亡不在近前。在老人们的前方，我却只看见汹涌的海浪正拍打岩石，发出巨响，在这一整片原本联结在一起的大陆的终点。那些人正从东面涌来，在迷途之后笔直的跨国公路上，奔向这个尽头。他们仰着头的表情，多么像几个世纪前，我们那些冲出沙漠的祖先。

　　我回头看书房。在不稳定的电流下，书摊在地上，在吹来的大风中发出无意义的脆响。那些文字，那些冷却了几百年的残骸，将和查希兹的命运一样。我又看了一眼于尔根先生。他的眼睛大睁着，正望着我，像两粒冰冷的黑色石砾，里面没有情感，也不会再有嘲讽和纠正。看着他，我感到我还活着。但我不想出去加入他们。我的同胞，他们每个人的头脑里都带着一次记忆的爆炸，他们相信它，那全新的感觉，复返的讯息。他们将很快联合起来，攻克和清除这里的一切。他们正用轮胎和泥土堆起一道路障，等待对面黑暗中那将要到来的。我在这里还能做什么呢？我的面前只有这具老人的尸体。这里不会再有一个他设想的美丽葬礼，洁白的墓碑，刻着他所期待的甜美碑文。长久以来积累的疲累如此沉重，向我压来。我瘫坐在窗下。岛上日子里的劳动和空白，路上的噩梦，坍塌的故乡开始返回，混合在新的记忆中，这一切都让我疲累。但我至少还有一些力气掩埋这个老人，在这个不再属于他也从来不属于我的家园中，就像在路上，我为同伴包扎伤口，翻寻残肢，给女孩接生。我向他走去，在黑暗中拖动他的尸体。

2018.5—2018.6，写于德国 Geldern
（本作品得到 TAIFUN Project 2018 年德国-荷兰下莱茵区驻村项目支持）

全蚀

　　我又回到了这里，不知道是第几次，不知道是不是还可以把这叫作回来。很难说。不是我自己的选择。我并没有别的选择。我忘记了这一切是怎么开始的，是从何时开始变糟糕的。如今我是个健忘的老人，活在我的残缺之中，在这里。眼下，过去没有结束，但境况变了，变化在继续，还得继续一阵子。于是我回到这里，在这一天开始的时刻。路上没有光线，谁也没瞧见我。

　　我到了。得先把这里的状况搞清楚。还好，一切都为我安排好了。按照惯例，我将开灯、开窗，让一台台精致小巧的机器，或者叫它们设备、仪器、助手，接入电流，让它们从休眠中启动，开始工作。随后，我将走进不同的房间，借助我的身躯，主要是这两条胳膊、两只手，打扫、整理，这儿那儿。我的敌人是灰尘、让人怠惰的不新鲜的空气、由混沌把守的一个个小废墟。所以我才第一个回来。这样当你们到来时，万物回归原貌，你们察觉不到今天和昨天的不同。你们为此付我钱。一周五天。但我并不是为了钱才一次次出现在这里。至少不全是。我有一个真正的理由。它是什么，我现在忘了。我知道过，就在不久前，也许就是昨天。给我一点时间，我会想起来的。

今天将是特别的一天，我能感觉到。我没有马上开始我的工作。此刻我坐在窗边。城市沉没在灰色的暗影中，但天空已被亮光统摄。高空中降下一支军乐队，就像我曾带领过的那支，浩浩荡荡，充满威严，跋涉在无人之地。我沉浸在黎明的奏乐中，等待。它露面了，我的老伙伴，从天际的云海中一跃而出。我看着你，太阳，就像是第一次用眼睛看你，你如此巨大，如此沉重，运动在虚空中，燃烧着，从不停止。你还是那么让我惊奇。这条会对你惊奇的生命也是你的赐予。但想想看，就连你，也和我一样，只会在这天地间诞生一次。我挺起身，用脖颈上方的大洞迎接你。你认出了我就像我认出了你。你长驱直入我的内脏，拍打我的肩胛、肚脐、爬上我的后脖颈。于是我又看见了，睁开我肚脐和双乳的眼睛，就像我的头还在的那些日子。我躺在日光的潮水中，心满意足，像一块海滩上的石头，张开细胞和细胞之间的空隙。光线的进入没有让我解体或者燃烧。还是那块石头，我，又咸又硬，还有点发臭。我绷住全部的神经、骨骼、不如以前可靠的肌肉和皮肤，深呼吸、松开，像卸下铠甲。但还是我，在这里。我睡着了一会儿，也许还做了个梦。我梦见很久以前，我倒下的那一刻。军队在溃败，只剩下我一人。我以为那是最后一天。一切荒芜、滞重，路早就没了，丢了脑袋的我还在奔跑。那个大洞在我头顶跳跃。那时，你正从更高处看着我。我跌倒在山丘的褶皱中。最后时刻，我看见了他，他正奔向你。但你远离得更快，一面巨大的黑暗正在啃食你，把你完全吞下。地平线上涌起黑暗。我再也看不见他。那是我的第一次旅程。现在，我又回到这里的世界，不知道已经是第几次。这一次我也没有比第一次做得更好。或许我该为此羞愧。但这不是我的错。也许是。我不知道。

我睁开眼。你已越出窗口。我的视力随之衰退，眼前的世界重新变得朦胧。这里的窗户很矮，缩在墙根，低过人的膝盖。窗户所在的墙延伸至屋顶，形成一个尖拱，原本透光的玻璃屋顶被改成了水泥，从尖拱中央垂下两排细长的电线，末端裸露着灯泡，柔和恒定的电灯光代替天空的照明，照亮延伸到大厅尽头的手术台似的十几张工作桌。灯光对我毫无用处。但我现在没有力气摸到后门，走上露台，让躯干上的眼睛承接更多光线。我很累。清晨我容易犯困，夜里又睡不着。于是我透过那扇悬浮在高空的小方窗低头眺望（尽我所能）。地面很远。在这座北半球城市的这个角落，一阵阵细小无声的活动正在深渊般的街道中开展，这是你们的生命，你们按照各自的意志使用它，互不干涉，也不关心，更不关心在你们头顶转动的一切，我的伙伴，太阳，或者月亮、群星。奇怪，它们依然还在这里，在你们的世界。它们为何在这里？它们和你们又有何干？我为何在这里？我该好好想想，用你们的方式思考。但我不再思考。因为我看见了他，我的另一位老伙伴，老朋友，在马路上走来了。和我一样，他现在也在这里。他是这里唯一能认出我的人。我是说，如果一切没有变得如此糟糕，他本来可以认出我。但希望渺茫。也许今天不同。有可能哪里会冒出一点希望，事情就会起变化。我并无把握，但也不能说完全无把握。我记起来了，他是我回到这里的真正原因。这个家伙。他还是一样高大、结实、年轻，一个年轻的巨人，和以前一样。和我相比，他把自己拾掇得多好，身穿一套得体的斜纹休闲西装，一双锃亮的尖头皮鞋。现在是七月，但他为今天穿上了这样一身隆重的衣裳。他从出租车上下来，跨入晨曦。即便只是模仿，日积月累，他如今也更像你们当中的一员。

他没有像我一样抬头看初升的太阳。尽管过去他与它更亲密。他低下头，拒绝那充盈一切事物的照耀，钻入街道拐角的阴影。在还有几步就要跨进这栋高楼的地方，他发现了那片清晨中罕见的昏暗，停在里面。在喧闹无序的人流中，他的动作没有显得多不寻常，也没有人留意，只有一只落在主人身后的吉娃娃嗅了嗅他的裤腿，接着跑开了。被移动中的人群碰撞过几次后，他只好离开那个位置，走向一片稀薄的树荫，那是块更干燥的和昨夜无关的昏暗。他倚靠在那里，挨着一棵梧桐树，任由脱皮中的木本植物的碎屑在那件漂亮的西服上钩挂得到处都是。一阵风刮过，吹开树冠，黄金般的光线纷纷落在他身上。他飞快闭眼，脸上的皮肤蒙着细汗，亮晶晶的。他继续往树荫里钻，一边抽搐了几下鼻尖，皱起整张脸。日光暂时碰触不到他，他却还是露出一副躲避着就在近前的什么东西的表情。如今他成了一个避光者，但更让他难以忍受却无处躲避的是他自己。他就带着这样一副表情独自在树荫中度过了一段时间，不知道自己在干什么，也不知道自己要去哪儿。后来他终于想起来了，想起用什么可以转移注意力。他从上衣口袋里摸出一张纸，打开。是那张诊断书。昨晚下班前，我见他从桌子底下掏出来悄悄看过。诊断书是双语的，由这里为员工购买的商业医保中一家昂贵的私营医院开具。轻郁症（Dysthymia）。这是他的诊断结果。他把这张纸放回另一侧的口袋，展开底下的另一张纸，从头到尾读起来。那张纸上印着这里的logo。昨晚他很晚才离开，就是在写这个，他的辞职报告。不是书面报告，是几段密密麻麻的英文，是他准备跟总经理——那个捷克裔美国人面谈时讲的内容。看来他做好了决定。我是不是说过，今天会是特别的一天。这就是迹象之一。如果他离开，我也不必再回来。说到底，我是为他才回到这里的。

等他穿过那扇玻璃大门（在我的擦拭下变得一尘不染），步入这里时，他的脸上挂着微笑，恢复了刚下出租车时的模样。这里总还是比外面更让他自在，表面上，但足够了。于是他自在地、毫不犹豫地忘却了自己，像入睡一样快，暂时把口袋里的两份报告抛到脑后。他决定这一天从现在开始，簇新地开始。看吧，为了让自己成为你们的一员，他学会了你们这种分类方法，"过去"随时可以被分隔、储存。他不知道这么做对他来说意味着什么，他干起事来从不估量自己。一向如此。几乎可以称他为勇士。这里，只有我了解这些，因为他是我的老伙伴，即便他到现在仍然一无所知。而你们对他的理解几乎是粗暴的，但在这里已经够你们用了，你们不必看见我眼中的他，他也不必进入你们的生活，动摇你们对自己的看法。于是你们继续，在这个漫溢着水族箱里的恒定光线的空间中如此概括他：可靠、踏实，不算灵活，也不是这里最聪明的，但好在踏实、可靠。

"从现在开始"：就让我用这五个字，以他的方式，与你们度过这一天。太阳离开了我的视线，我的面前暂时就只有你们，和无数你们之中的，他。

他坐到电脑前，点开屏幕，旁边是我给他冲的咖啡。他今天会需要它。谢谢，他没有抬头地对我说，手指仍在键盘上敲击，留下几块小小的汗渍，很快消失了。我看了一眼他的屏幕。今天的汇报工作他会负责一小部分。他不擅长在客户面前脱稿演讲。他正在练习要讲的那部分，不知第几遍了。前几天，项目经理 Sharon 和总经理商量今天的汇报流程时（我正在旁边给花换水），总经理犹豫要不要让他参与汇报。总经理一直对他不够了解，也没有了解的兴趣，倒也谈不上对他有意见。总经理用另一种方式看待包括他在内的雇员：一个估值公式，一个人带来的盈利减去他的成本，现有能力滑向未来潜能的一条曲线，等等。但每次他面对客户时，在总经理眼里，公式不见了，他变成完全的负值，因为他让人昏睡的音调，不够快的反应，还有那副太高大、太笨重的身板。但 Sharon 说，既然报告最终确定的方向来自他，他应该获得一次表现机会。也许是因为器重 Sharon，也许是因为想到当晚打桥牌的愉快计划，总经理默许了。

这里转眼坐满了人，堆满我的眼眶，我几乎什么都看不见了。不过，这种时候我的其他感觉会敏锐起来。我找一个不碍事的角落，坐下，把自己变成墙壁，变成地板。在这儿，我是个干琐事的，不起眼，也不会占据你们的注意力。只要你们忘记在你们之外存在的世界，你们就压根不会瞧见我，更不会发觉我少了在你们眼里重要的东西。

我的残缺和你们的世界是很匹配的。再说，我这样跑腿和干杂活的，也根本不需要你们那样一个脑袋。我又能拿自己怎么办呢，在回到这里之前的漫长岁月里，我已经这样了，不管你们接受不接受。反正，我没有他那么在乎这里，在乎你们，和你们的总经理、你们的客户。你们保持对我的雇佣，只是为了政府对聘用残疾人的企业的减税政策。我拿的钱只是它的一个不起眼的零头，很划算。不过，一年一次，我也会被提及，就在总经理向最高层做年终汇报时，我成了这个分公司的慈善事业的一部分。

他在那儿，在会议室最边缘的座椅上，腿上放着电脑。为了高大的身躯不挡住别人的视线，他总是体贴地坐在最后一排。他抬起手机看了一眼上面的数字：09：58。会议十点开始。他的手在我眼前晃了一下，像耸起的山丘。秃山。他的指头都秃了。他一紧张就咬指甲。以前的他可不是这样。

大会议室建在这一层的最中央。白墙把它和四周隔断，一个屋中之屋，一个套盒。座位挨墙放了一圈，留出正中一大块空间，像一个开演前的舞台。我说过没有，这里缺少自然光和空气，但没人在意这一点。中央空调驱逐这个季节湿冷的大气，新风系统滤进舒适的微风，混合着乌木和佛手柑的精油分子，随着每一次吹送深入你们的呼吸，让你们镇定，同时振奋。你们在各自的座椅上入座，传递会议流程、汇报摘要、笔、白纸、咖啡、矿泉水，直到这一切声响渐渐平息，灯光暗淡下来，最明亮的光源现在是尽头处的那块大屏幕。

十点整。Sharon 最后一次环顾会议室。人到齐了。她从第一排座位上站起，向屏幕边缘走去。她刚站起，全部的注意力就像一束追光灯，再没离开过她。让我试着从你们的角度来看她。首先，她长得很美，尤其是那双眼梢细长的大眼睛。其次，她和你们这栋写字楼里常见的上班族不一样，有一种不受约束的自在气质，也许和她在伦敦念书时辅修表演有关，也许和她一半的蒙古血统有关（但被她在伦敦改造成了一种吉卜赛嬉皮气质），一头粗重的黑发扎成一个大髻，隆起在她宽阔的额头前方（而不是脑后），中间随意地插了一根红木筷当发簪，巴掌大的脸庞左右是一对硕大、沉重的银圈耳环，随着她身体的晃动而晃动，似乎随时会把耳垂一把扯下。这耳环，这随时会滑落的发髻，制造出一种小小的意外的可能性，在这种带微妙压力的会议氛围中（每个人都要求自己时刻专业、严肃、精明），增添了你们观赏她这个开局者的乐趣。她讲话也很有特色，是捏着嗓子的那种女高音，总是兴致勃勃，但仿佛包裹着一层丝绒，所以并不会让听的人烦躁。她的英文带一点伦敦腔，吐字并不完美，但她从不纠正这种增添个人特色的细节。现在她把自己的情绪调动起来了，脸颊微红，几乎带有情欲，直率地扫视每一位听众，催促人们跟上她。她用三言两语概括出这个为期一个月的大型项目的要点和难点，提请各位注意今天将要达成的共识的方向。她老练、自信、开诚布公。她在这里人见人爱。通过观察她，了解她的人见人爱，我越来越理解你们。今天的客户也没有例外。这些人正享受着她努力达到的毫不费力，以及在她眼里每个人自己的重要性。客户们时不时低下头去，在纸上写两笔，只是为了从她灼热的吸引力中喘口气。有一个客户准备鼓掌，又悄悄放下手。

她从靠墙处拖出一块白板。白板顶端是一行大写的英文："CONSUMER PROFILE"。底下列出洞察报告中提炼出的用户画像关键词，旁边贴着代表用户生活方式的拼图作为视觉提示。这些是你们一个月的工作得来的结果。我猜，这是今天的第一个任务：确定核心目标用户画像。这样的东西，我在这儿看过不知多少遍了。此刻它还差一个步骤——来自客户方的经验和认知输入。这是你们这个行业惯用的一套方法。在这里，你们秉信一切发现（你们有各种词，"洞察""策略""结构创新"等等）要从人开始。客户的那个世界自然知道这一点，但经常忘记。在那个世界，主导决策的是数字、财报，或者，一切都必须转化成数字才算数。但另一端的"人"也重要，当然了，非常重要。想起这一点时，像你们这样的第三方就进场了。

在 Sharon 的带引下，会议室里的人纷纷站起，分离，又聚合成不同的小组。分组名单是前一天拟定的，确保每组当中有一个来自客户方——ES 集团总部最高决策层的客户，两个 ES 本地分公司决策层客户，一个 ES 本地中层客户。他、Sharon 和总经理，分别辅助各组内部讨论。他被分到了其中一组。Sharon 再次开口时，切换成了中文。客户当中中国人占多数，老外中的一半也听得懂中文，包括总经理。唯一一个戴上同传耳机的人，是上午刚落地的从总部飞来的客户。他是 ES 集团创人 E.S. 夫人的重孙，这个美肤帝国的第三代掌门人，Joseph。自然，总经理把自己和 Joseph 分在同一组。

在会议室隔壁的一个小房间里，一块小屏幕正在摄录这里发生的一切。摄影机的镜头大部分时间都对着讲话者，也就是屏幕旁侧的 Sharon。小房间里，外聘的同声传译员正戴着耳机听 Sharon 的发言，同时翻译成带美式口音的英文，再通过麦克风传至 Joseph 的耳机。这个同传员在这行做了十几年了，有时会忍不住偷懒，为了少讲几句话，她不逐句翻译，而是自己概括、省略。她有慢性咽喉炎，职业病。你们负责外包任务的项目统筹总监知道这个同传有这个问题，但最理想的那个被其他公司抢先一步用了，项目组又一直无法确定 Joseph 本人是否到场，最后统筹总监只好又找到她。

"如今，快速消费品，包括护肤品，早已不只是一个功能性产品。"Sharon 的说话声出现在同传的耳机里。同传放下咖啡（半小时前我给她端去的），开始翻译。

"这个市场已经高度饱和。每一种功能性的护肤需求都已被满足，不管是多特殊的需求，多细分的市场。这个房间里的人见证了在这个国家，近十年内，女性消费者如何被这个行业教育，产生出她们的需求。但如今，她们已经腻味了围绕功效的产品语言。在我们的家访中，所有受访者的梳妆台上、卫生间里，同样功能的产品至少有两瓶，来自不同品牌。她们已经懒得去弄懂产品之间越来越小的差别。这是一个信号。我们的语言，我们的产品逻辑，已经不再让人激动，利润增长动力也已不足。你们现在要争取的是全球范围内最专业的一批女性消费者。无数涌入这个国家的品牌把她们教育得太好，她们的美肤知识和经验早就不输在座每一位。可她们现在毕业了。她们不想听见重复的东西。如果我们对这个新品牌的定位继续走理性、高科技、效率的定位，首先，它和我们 ES 集团的其他子品牌将缺乏差异，反而会和现有子品牌 PK，浪费集团资源，互相蚕食市场份额；其次，追随这个方向，即 efficacy 的消费者，迟早都会减少甚至放弃涂抹类产品，转向更高效、更高科技的医美服务。所以我们需要的不只是延续现状，也需要开拓其他领域。这个新领域，让我们暂且用一个符号代替……"（同传员在小屏幕里看见 Sharon 用马克笔在白板上画了一个大大的、红色的 X。同传员等待着 Sharon 开始解释这个 X 的含义，她开始好奇。但期待落空。）Sharon 放下马克笔，合掌，让双手停在胸前。现在，她给出一个新指示："请大家从座位上起身，站到墙边。"

脚，各不相同，一致从会议室中央撤退。大屏幕的光渐渐熄灭。总经理按了一下手中的遥控器，会议室的地板消失了。光亮从透明的地板底下射入幽暗的会议室。比这里低一层，是这栋大楼底部新开业的叫作"Euphoria"的超级商场的最顶层。在这个工作日的早晨，已经出现了第一批购物者，正在不同的门店内外移动，丝毫没有发现自己头顶上方有一群犹如站在云端的人，正低头观望他们的一举一动，朝着脚下的景象发出惊叹。大家的反应让 Sharon 满意地笑了。你们上个月开工，更换这里的全部地板，铺设上新硬件，在今天第一次展现这个新玩意。

"谁有恐高症别看脚下，看我。"Sharon 开了个玩笑，一边毫不迟疑地踏入这块透明地板的中心。她的样子让我回忆起曾见过的一位可以在飞行中悬停的北方女萨满。"我接下来要说的都在我们的报告中，一共一百八十页，各位可以在今天之后自行阅读。现在，请允许我以这种新方式

介绍我们的发现，或者发明，它绝对真实，毫无人为预设
和习见。放心，这是单面镜，楼下的人不会受到我们这些
窥视者的打扰。"一阵笑声，带着好奇的余音。人们脚下是
两间店铺的天花板，一间彩妆店，一间零食店。客户中的
几个人，包括 Joseph，正盯着彩妆店里的一个购物者。她
正在试妆。另几个客户站在零食店的天花板上方，看着一
位年轻女性在几百个格子内挑选产品。这个角度，这样看
人，很难不联想到动物园里玻璃幕墙两侧的游客和动物，
只是现在一切由水平变为垂直。这群偷窥者享受着隐秘的
乐趣，一面不忘保持专业，时不时和自己小组里的成员讨
论几句，分享各人对这些顾客的动作、一闪而过的表情的
解读。

　　一位客户打了个呵欠，表情冷淡下来。有人眼神开始
发直，还有人不停举起手机。你们就是这么容易厌倦，扫
视着世界的表面，却又一无所见，期待下一个刺激。不过
也可以理解，你们知道自己不用努力做出自己的发现，因
为你们付钱给这里的人就是为了一份现成的答案。

　　Sharon 一直在观察客户。这个造价不菲的单面镜地板
主要还是供这里的研究员做行为观测用的，对客户来说，
也就是一次展示。现在它已完成使命，是她重新开口的时
候了：

　　"这些人，尤其这些女人，一大早来到商场，在里面
花去几个小时，是在做什么？她们要什么？我们可以想象。
有许多种可能：为了忘却昨晚的一次不愉快事件，为了找
乐子，为了度过一段等人的无所事事的时光，诸如此类。
我们可以给你们一份惯常的报告，里面有对人类固有的情

绪、情感、价值需求的分类，画出象限，然后看看竞品都落在上下左右哪个象限，找出空白空间，作为我们新品牌的整体定位。这是号称从'人'出发的洞察公司的常规操作。但我们真的获得洞察了吗？那些情绪和情感是短暂的，不断流动，彼此转换。价值需求，如今也是相对的。定位在这些之上，品牌只能追逐，或者停滞、老化，而不是引领。"Sharon 走到白板前，在 CONSUMER PROFILE 的展示内容上画了个大叉。不出你们所料，客户露出迷惑的表情，特别是中低层级的本地客户。他们以为今天自己主要是作为 Joseph 的陪衬，只需要来这里待够时间，听一场常规报告，走个过场。

"我们应该去另一个维度。另一个所在。在那里，我们总体，你、我、他，作为人类，有一个我们一直在寻找，几乎从一出生就渴求，但始终缺失的东西。那个东西深嵌在我们存在的核心，那个我们永远无法企及但依然渴望着的地平线——X。X，它并不在我们的外部。它正在发生，它将会发生。它早已发生，还将再次发生。X，是我们的目标用户最深层的需求。它还没被满足过——从未被这个市场完全激活过。"

我想大叫，或者大笑，跺脚。总之，做点什么，搞出动静，摇晃这里，从这里脱身，终止这些日日夜夜输送给他、我、你们的想法。有必要的话，战斗，和他一起。我和他曾并肩作战。那些日子里，我履行过哨兵的义务，眺望敌人在哪个方位出现，有多少人，随后是拼杀，搏斗，必要的牺牲，重新组织主力，继续行军。可如今四面都是敌人。挡住我们——他、我、你们——的去路的，是一排排货架、购物车、生产日期、成分配方、色卡表，是它们背后的玻璃幕墙内的会议室、单面镜地板、绞尽脑汁发明和操纵我们的头颅的头颅，那些少数者的头颅正在一刻不停地设想和制造整个世界，用一排排货架、购物车、生产日期、成分配方、色卡表，淹没我们，为了更好地淹没我们有必要更了解我们，直到这些产品越来越像我们，替代我们的喜怒哀乐，直到我们开始模仿它们——奉上我们的头颅：请好好了解我，服务于我！然后位置交换了，产品变成我们，我们变成产品。头颅和头颅没有区别，我们服务于它们，听命它们，却以为自己还在做主。深呼吸！我们看向哪儿，都不再能看到它们，我们看到的是自己，只有自己，但不再是自己，是无数镜子组成的墙，里面的他、我、你们，都长一个样。我们献出头颅与世界紧紧相连，难分难解。在这里，看不见的敌人捕获了我们，生吞了我们。她说对了，敌人不在我们的外部。它在我们的内部。它要我们相信，从我们自己的渴望中，它才诞生，小心隐藏起玻璃幕墙背后会议室里的这些工作和投入，假装只要每一次我们喊出："我想要——"，从这声叫喊中，我们就将和它同时诞生，汇聚于，X。

今天，这个X就要落地了。（"落地"，你们的人性词汇。）

幸好我没有忘记我回到这里的使命。它制止了我大叫，或者大笑，跺脚。我安静如同石头。"我们"重新变成了我、他和你们。我并不在乎你们，你们的世界。世界的诸般模样我已目睹。你们召唤的地平线，X，将被重新售卖给你们自己。这是你们玩的毁灭的游戏，但没有死亡。没有人会因此停止呼吸，感到自己是失败者。甚至，你们借助它们得以永生。但这一切不关我的事。我只为他而来，为了让他和你们分离，和这个新世界分离。现在我还有时间。我必须等待。

Sharon 踱步到屏幕另一侧，继续。"就拿这个刚试过色号、买了口红的女人来说。她的快乐、满足、激情的最高点，是在导购刚给她的嘴唇涂上颜色的那一刻。你们留意到她的神情没，当她看着镜子里的自己，在那间门店调制得完美的灯光、音乐和背景色彩下，时间之轮停下了，她的脸上出现一种宁静的狂喜，在镜子中，她瞥见了 X。但只是短短一瞬。之后，当她踏入另一家店，走出商场，几个小时后回到家中，那支口红诱发的魔力迅速递减，X 消失了。直到几天后，她在家中再次旋开那支口红，开始上妆，她并不只是希望自己变得美丽，她在试图唤回 X，她自己都不知道这一点。她也不知道自己将失败，所以她才会在不远的将来再次返回商场，或者在手机上划过其他商品，寻找着，直到她再次接近 X。这个过程将不断重复。每一个迄今成功的品牌和产品，都或多或少地召唤出了 X，拉长它存在的时间，但没有谁能让它持久。所以，如果我们可以持久提供这个 X，把它作为这个新品牌的基石，那么最终，用户将惊喜地发现，这个 X 恰好还有护肤功能。这才是我们该做的事。"

总经理在抖脚。这是他焦虑时的习惯。这位总导演正在偷偷观察客户的反应。项目经理今天的发言和过去的常规汇报完全不同。你们一起反复推敲过，关于讲述的风格、如何开头、内容的排列组合，强调什么，省略什么。这些都至关重要。毕竟这里售卖的昂贵产品就是你们头颅里的工作，有脑子的表演。不过我还从没在这儿看过今天这样的新表演。不知道，这是不是今天将是特别的一天的另一个迹象。

我听过你们讨论这个客户，ES 集团，它的各部门已经和这里打交道好多年了。像今天的 Joseph 这样的高层人士是一批挑剔而永不满足的听众，看过无数场（包括你们在内的）第三方机构呈现的表演，如果抓不住翻新他们兴趣和思路的机会，这次项目就只是个普通流程，也就意味着失败。毕竟，你们所在的领域的竞争也是非常激烈的。你们不想流失这个客户，强烈程度就像 ES 集团客户不想流失未来的顾客。ES 集团现在仍是全球第二。二战不久后创立的家族生意已经传至第三代，可就像一台老爷车，人人知道它经典，每年的财报也不难看，包括楼下那个彩妆店，也是它的一个子品牌。但它曾经的霸主地位已经一去不回了。和这个市场每年的增长速度比，它的利润增长率并不强劲。世界各个角落都在诞生新的对手，它们年轻、大胆，动作出其不意，像不同款的新型跑车。这次，这个项目要推出的是一个全新的子品牌，当时这里拿到这个项目时，客户说没有任何局限，一切都可以从零开始，从一无所有中创造，品牌哲学、产品线组合、宣传、代言人，等等，集团将全力支持——如果整套方案可行的话。ES 正在打造多样化策略，要以这个新品牌释放一个全新的市场信息。在项目的第一天，也是在这间会议室里，总经理和 Sharon 就跟整个团队介绍了这些情况。于是有了今天的整个方案。但总经理似乎在担心。是走得太远，偏离了客户的安全区域？客户们沉默着，没有提问，没有评论。一丝隐隐的不确定和担忧在会议室蔓延。但很可能，在克服了穿越大气的震颤，适应了飞行舱内异于地球的气压和重力后，客户们最终会为眼前的景象所征服。这将是下午的内容。一切仍然在总经理和团队的掌控之中。

他，我的伙伴，从座位上站起，尽量避免被人注意（很难做到），走出会议室。没多久又推着一个餐车回来了。餐车分三层，一层是装着热茶的古董茶具，一层是精致的小糕点、三明治，一层是咖啡、热牛奶和糖。早午餐休息时间。客户的用餐可以继续在这个会议室进行。他的手搭在餐车上，双眼寻找着什么。我？我站起来。他看见我，显出惊讶的神情，看上去他不知道我在这里。他以微小的幅度朝我摆了摆手。我不适合出现。我又坐下了。

会议室，连同透明地板下的商场空间，此刻笼罩在同一种乳白色的人造光线中。客户们像自助餐厅里的食客，托着餐盘里的蛋糕，几根手指捏着咖啡杯或茶杯，或坐或站地交谈，不时低头看一眼脚下不断更迭的人流。零食店里涌进了四个五六岁的小孩，带他们进来的大人站在门口，刷着手机，任由孩子自己拿起门口的购物小篮，奔向装着彩色小包装零食的格子，熟练得就像回家。从上面看，那四颗小小的头颅像小行星，围绕着各自青睐的商品盘旋。Joseph 正站在这片糖果丛林上空，观看孩子们的行为，一边无声地咀嚼着蛋糕，啜一口咖啡。可能因为时差，他已经在喝第三杯咖啡了。一个本地客户（我见过她几次），走到他身边，问他对于汇报有什么想法。Oh, I'm intrigued, the X. We'll see what's next. 这是他的回答。明显这句话里什么都没有。他就像那些曾出现在这里的许多公司决策者一样，很少在信息不够的时候，尤其是面对没有真正决策权的低等级的同事时，轻易透露自己正在想些什么。但他不是冷冰冰的人，不是傲慢的人，至少他不想让人觉得他这样，尽管他内心也许是冷冰冰的、傲慢的，甚至残忍的，既然每天有几十个决策等待着他，每个决策都将在一个不小的范围内影响深远，他要求自己必须像战士一样杀伐果断。此刻，他的表情却是松弛的，专注地看着楼下的孩子。他来了许多次这个国家，却从没有真正了解过这里的人。也许，他可以和这些本地同事聊聊，他们肯定什么都愿意分享给他，只要他愿意将自己的时间分享给他们。还是算了。然后他开始想那个 X。全部人类的 X。也包括他？他拒绝这个念头。心底深处，他不想和人类共享，不管是 X，还是 Y 或 Z。还是让我从对 Joseph 的臆测中撤回吧。又有几个人围上了他。等到这些人散开时，我听见那几个本地客户聊到今天的天象，午后会出现的日全食。

他正在餐车旁弯腰拿三明治。当他走出会议室，身后跟着他的影子，和我。他越过会议室的隔墙，没有去其他同事所在的工作台区域，一个人来到安静无人的开放式厨房，在靠窗的吧台旁，背对整个空间站立。他的站姿看起来紧张、僵硬，肩膀因为无形的压力高高耸立。他拿起手机看了一眼时间，缓慢地剥起了三明治的包装纸，一口没吃就放下了。阳光透过矮窗打在他的西裤上，像一股细小的水流在颤动，想要引起他的注意，在他身上恢复自己一直以来的影响力。徒劳。即使它每天都试图找机会挤进那些矮窗，找到他，时而低语，时而咆哮，摇晃他，让他直视自己——那是他的天赋，但至今没有成功。它一定不知道这个曾经追逐它至沉没的人是怎么了，为什么如此忽略它，躲避它，甚至憎恶它的抚摸。他的脸庞如今那么苍白，因为缺少它的照顾，因为他一直在这里，该死的这里。他把自己放错了位置，眼睛也看向了错误的方向。我的兄弟。

但今天。今天。尾随他往卫生间走去时，我还在出神地思考。没有脑袋的阻碍，我可以思考，以我自己的方式，不是你们的，也不去管是不是可以把这叫作思考。一扇翻转的门将在今天打开。自上一个沙罗周期的日全食发生，时间之轮转动着，把我和他抛掷向不同的时空，我一直在四处寻找他。为什么我要对他穷追不舍？总是尾随他，哪怕他觉得不需要我，或者压根认不出我？可这是朋友的真正意义，不是么？终于，我又和他同时回到了这里。上一次回来，要是他认出了我，一切将随之好转。但还是失败了。此后，我一直在等待今天。经过了四百多年，我早已心平气和。我不着急，既然我和他已再一次回到这里。除了等待，等待他认出我，我也没有别的选择。他走进隔间，拴上门。我站在门外，像个忠心耿耿的仆人，为他的存在献上我的在场。

隔间传来急促的呼吸声，像个溺水者，然后是压低的一两声抽泣，随即是彻底的寂静。说实话，他这个样子有点丢脸。我知道，在这里，他看见的自己是个无名之辈，飘荡在这座拥有两千多万人口的都市之中，没有家乡，没有朋友，没有爱人，没有目标，没有价值，这个城市并不真正需要他，也不曾真正给予他。可谁不是这样呢。可谁又是他曾所是的那个人呢。要我说，他可把自己看错了。

现在，他的脸上总算恢复了血色。他眉头紧锁地盯着总经理的后脑勺，好像那是个需要费力辨认的东西。

"几句就可以，不用多。不要做解释，一解释就把他们又带进逻辑里去了。让影片自身来说话。"

总经理和团队交代完这几句，转过头来问他："下午那段，你可以讲吗？"

他点了点头，又加了一声"嗯"。总经理瞄了一眼似乎心事重重的他，露出担心的神情，再次确认："真的可以？看你有点不舒服。"

"没事没事，"这还是他今天第一次开口说话，带着过度的亢奋，"都准备好了。没问题。"

总经理用右手食指和中指在桌面上弹了几下，抛出一个"wonderful"，清脆、欢快，像在空气中挂上一个鼓舞人的小铃铛。Joseph 出现在会议室外的长廊上，站在一盆绿植旁，正在手机上打字。总经理决定抓住机会去和他聊几句。

经过 Sharon 时，总经理压低声音："你看情况。他这部分，你可以随时接手。"

Sharon 点点头。"对了，"Sharon 叫住总经理，"下午一点半会有日全食，到时要暂停吗？据说这是本世纪最长的一次日全食。护目镜我让 Katie 准备好了，如果客户想观赏的话。"

"看客户的意思吧，也就几分钟对吗？六分钟，我记得。It's nothing。"总经理咳嗽了一声，继续向 Joseph 走去。

他好像想起了什么。或许是我希望他想起什么，就在你们聊起日全食时。但 Sharon 走了过来。这个女萨满对他念起了咒语：

"你现在有什么感受都不是无关的。不要试图把它们排除在外。不要关闭自己。把它们带进你要说的部分去。就像我们练习过的。All in。"

Sharon 最近拿到了心理治疗师的证书。她并不是要转行。她学这些是为了更好地做这份工作。她的目标是成为合伙人。她和他解释过一次自己要做的事，一个午后，在外面的天台上。当时他以为她喜欢他，或者反过来，以为自己可以喜欢她。她的想法是这样的：咨询公司——品牌——消费者：三位一体。就像马戏团里一起滚皮球的伙伴，彼此依赖，又互相牵制，既是同伙，也是敌人，必须时刻根据另两位的姿势和动作调整自己的姿势和动作，才能保证自己不从球上掉下去，保证皮球不会停下——没有人希望皮球停止滚动。没有谁是绝对的主导方，也没有谁离开另外二者可以独自玩这个游戏。可是，游戏正在变得复杂。动作就那么几套可不行了，会跟不上，被甩在后面。Sharon 提到应用心理学里的新发明，提到可以结合咨询行业里的固定方法论，创造一套新动作。要不是为了拉着他一起，她不会透露这么多。后来，她在一些小项目上论证了几次。这一次，总经理决定让她在这个项目上放手去施展。如果成功，你们这里将提请所属的集团高层，在全球七个分部推广。这个冬天，Sharon 会被派往欧洲总部进修。她会代表这里去展示成果。他呢，从来不知道如何拒绝她，所以默认同意一起做这个实验。他自己也不知怎么成了她的实验对象，和她各坐沙发两端，他有时扮演消费者，有时又当客户，而她却始终是治疗师，也是咨询师。这种演练渐渐把他卷入得越来越深。"这才是精髓，"她这样安慰他，"这套新方法里没有分门别类，只要事关人，公开与私密、真实与推演、一个人与一群人、我和你和他，这些区别都可以打破。奥秘在于对'我'的解码。认识人，先认识自己。"于是她把他的"我"像洋葱一样层层剥开。但他依然守着他的秘密：那份诊断书。

仿佛那才是他真正的秘密。

实验开始后，他陆陆续续给她讲述起自己做过的梦。在这个项目做到一半的时候，他做了一个新的梦。他告诉了Sharon。她很激动。她的看法是，这个梦既是他个人的，也是这个项目的硕果，所以应该贡献出来。他没想到，基于他的梦，整个团队创造出了这个新品牌的概念影片。

他对新方法有所犹豫。她却信心十足。她和他一起撰写了在影片放完之后的讲演内容，准备由他来阐述。

现在，影片开始播放：

雪地中，踽踽独行的背影。与伴侣在狂欢人群中相拥。聆听胎儿心跳。松开临终老人的手。随后是一系列特写镜头：眼泪滑下脸庞（忧伤）、嘴角上扬（喜悦）、皱眉（愤怒）、尖叫（释放）。都是同一个女人。她的脸被放大，占据整个屏幕，化为背景：她的一生，从诞生到死亡，在脸孔的幕布上迅速流过。画面定格在她的脸部特写，推近，穿过，镜头如飞行器进入她的脸，第一个瞬间，脸如面具粉碎、消失。

黑暗中，穿行仍在继续，似乎她的脸有一个内部，纵深无限。画面再次亮起：树林中熄灭的篝火。积雪的树枝在无人的田野上空断裂。雾气笼罩的荒野。海鸟在闪光的洋流中起落。盯着镜头的不同的动物的眼睛：鹿、鹰、斑马、熊。眼睛变作地球，旋转出四季。人类还未存在，或是已经消失。然后出现了人。非洲。亚洲。南美洲。空旷裸露的大地。太阳。平原上的简陋木屋，草棚。三位祖先正在给脸涂抹油彩。三人各自走出屋子，迈向仪式中的族人。鼓点，号角。众人用长棍敲击大地，朝着头顶的高空拼命呼喊。他们的表情和开头女人的脸重合在一起。不同的光线交替照亮这些彩色的脸，直到脸孔化作灰烬。女人的脸第二次粉碎、消失。

画面再次转暗，复又明亮。从三个地点分别射出一枚光的箭镞，划过天空，汇聚在一座类似教堂的建筑的拱顶，停留，闪耀。一次绚烂、无声的爆炸过后，光柱灌入建筑，无数光点沿着拱顶徐徐飘下，落向一座圣龛。强光消逝在圣龛内。教堂风格的建筑墙面上浮现出原木和黄铜搭建的货架，上面是几百瓶产品，瓶身是狭长的方形，就像一座座小纪念碑。镜头缓慢推近至其中一瓶，没入黑色瓶身，瓶身成为天空一样的背景，下方，一道闪着幽光的地平线上，一个三音节单词升起：LU-MI-NO。一个女人的身影奔跑在地平线上，朝着尽头处的LUMINO而去。她回头，她微笑。观众最终辨认出，她就是影片开头的那个女人。

她奔跑的声音淡出。熄灭的背景中，只有一种类似巨人踩踏大地的节拍声仍在持续：kuafu、kuafu、kuafu。

会议室里好几部手机发出简讯进入的提示声。日食的时刻到了。我站起来，看着他。不得不说我很不安。这个影片让我的思考一片空白。我当然辨认得出其中哪些来自他的梦：中间部分、奔跑、光线。不，那不是他的梦，它已经被改造得面目全非。只有结尾处他的名字发出的声音还在我耳中回荡。我的眼前开始涌动一幅血淋淋的画面：他把自己完全献祭了出来，他被生吞，被吐出，组装成一个待复制和出售的怪物。很奇怪，这没有让我感觉痛苦。越是没有痛苦，我看见的画面越是血淋淋。

他大步走到会议室前端，让坐着的人跟随他。他不再是之前那副虚弱的模样，倒是精神焕发，看上去从未如此清醒。他从 Sharon 手里接过了萨满的角色，现在由他来主持仪式，不，表演。客户正跟着他离开会议室，穿过工作桌区域。他打开后门，走出去。所有人站在露台上。

起风了。像是配合着正急遽转暗的天空。我的老伙伴，太阳，你正以可见的速度离开我们。你的变化也许可以帮他一把。你一定记得，很久以前，你的这种消失会让他恐惧莫名。他以为你死去了，以为我们都会随你而死。当你重新出现时，他又是那样为目睹的奇迹激动。他的部族始终忠于你，是你把他改造成战士。今天，请你助我，让我和你联手唤醒他，让他从这团团幻影中脱身。很快你就将彻底消失。我会准备好，扶住他惊惧颤抖的身体，让他因你的死去而死去，因你的复活而复活。然后，他会记起这一切，记起他是何人。这将是我和他联手与这个世界之间的又一场战争。我相信，太阳，你仍然站在我们这一边。

你的无数新月状暗影正从树荫下撤退。你在垂死边缘挣扎了一下，回收所有的光。天空中只剩下星星。我脚下的这颗星球正在变得死寂、寒冷。

黑暗的铁锤砸向大地。

　　这是我们的黑暗时刻。我们迷失了。我们是经历者却不明白我们经历了什么，我们奔向前路，却不知道旅程通往哪里。在 ES 集团内的各位如此，我们的未来用户亦如此，我也是如此。我们都是这艘时代的航船上的乘客，舱位有不同等级，但大海是同一个。现在，摊开在我们头顶的黑暗，每人各得一份，不多不少。

　　我刚刚才知道今天会有这样的天象。出乎意料。但我想，这是一个完美的时机。为何不把汇报的最后这部分放进这一刻？它象征了一次跃出，比语言更有力。你站在这片骤然插入白天的黑夜之中，犹如入魔，出神，这一刻变作一次机会，让你的头脑闪现更透彻的念头，更真实的决定。记住你现在的感受。这样的时刻，是我们上午提出的 X，我们的地平线。让它持久的秘密，在于停止用你的头脑解读它，分析它。让它进入你。你要做的不是寻找一个作为终点的答案，而是创造出如同此刻的属于你的时机：放弃对答案的执着，才能获得在这一刻之后继续出发的动力之源。再次出发，比到达目的更重要。这才是今日的英雄的冒险和旅程：永不停止的穿行，跃出理性的藩篱，挣脱文化和人性的框架，让远古汇入当下，让我们身上的超人性和我们的人性合一。这是我们的英雄之路，回归时的我们将带着新的人之光：lumino。

　　Lumino，没错，这就是我们建议的新品牌名。一个拉丁词。发光、照亮、让世界显形。它是内在的生命，永不衰竭。生命能量无法贮存，无法固定，只能转换。因此，Lumino 由许多"不是"构成。它不是某个特定情绪，也不是某一组积极情绪——它是情绪动力学。Lumino 不是某种形象、某种气质、某种美——它是形象、气质、美的背后，那心灵的张力结构。它是无尽选项，千人千面。谁寻找超然，谁就在 Lumino 得到超然；谁渴望沉溺与痴迷，Lumino 奉上如此体验。它是转瞬即逝的时机本身。它中性、灵活，可以由不同的人自行定义。Lumino 是我们的用户书写她们个人心灵史的载体。

我们要创造的是一种神话经济学，myth economy。神话是开放性的故事，其中没有答案，又孕育一切答案。Lumino 的神话是光线。Lumino 的品牌核心不是产品，也不是某一句宣言式的答案。Lumino 将和光线一样，是全部，也是空无。无处不在，无迹可寻。它是时间之轮的空隙中的永恒当下。当你置身其中，你才是你，新的你。

我经历了什么？我的视力因为你的远离被夺去，我的听觉依然在承受暴力。他说啊说啊，剜去自己浑身的血肉，只剩下一具骨架，我认不出他是活着，还是已经死去。刚刚这扇你开启的门打开，又合上了。现在他已重新置身你的光芒中，我又看见了他。他复活了，穿上了新的血肉之袍，判若两人。他完成了迄今最好的一次汇报表演。在他结束后，戴着护目镜的客户群中响起稀落的掌声，随之是更热烈的鼓掌。Joseph 鼓得最起劲。

我感到背叛，为我自己，为你，太阳。你的变化确实帮了他的忙。帮助他与你我永远分离。你的死去和复活什么也不是，不过是他的舞台。他就在这块遮盖你的巨大黑布前方变戏法。当黑布掀开，Lumino 诞生，我们认识的他消失了。

他的骨架簇新。那颗衰老但仍在搏动的心被他扔在了地上。他把它还给你和我。你一触碰那颗心，它就燃烧起来。

该是我离开的时候了。我不该回来。人活过一次就够了。一旦有了回来的念头，一切就开始糟糕。背叛我的不是他。他是无辜的，并不知道自己以前来过这个世界，曾名夸父。他是一个新人了。一个陌生人。你是不是早就知道这一点？

你死去的那个白天，后来成了这里的里程碑。Lumino 获得全票通过。ES 的人全都很满意，因为 Joseph 很满意。他早就准备好了接受任何新方案，那是他撬动家族旧有势力的一把漂亮的武器，他要把那些老人干倒，哪怕他们是至亲。为了开拓自己的疆土，Joseph 杀伐果断。而他获得了涨薪，升职，年假多了五天，还搬进了新公寓。冬天，你们将去欧洲总部推广，七个分部表示对这套新方法论很期待。总经理决定让他和 Sharon 一起去。在大洋那一头，他将再做一次汇报，那时，一切对他来说将更真实，如这个新世界一般不可撼动的真实。你们还会顺道去 ES 总部，辅助 Lumino 的进展，并拿下更多项目，所有人都对此很有信心。Wonderful。

　　我在哪里？那扇时间之轮推开的门是否已经又把我抛掷了出去？我的身边空空荡荡。大楼外，黑夜在世界的空壳之上微颤。你将离开，你将回来，周而复始。太晚了，我现在才明白你对这一切的无动于衷。你每日都在更新、进化，我认识的你早已消失，和他一样。你早就接受了这里，和这个世界对你的定义：一个热等离子体与磁场交织的 GV 恒星，直径是地球的 109 倍，质量是地球的 33 万多倍，每秒内把 6 亿吨氢转换成氦，将 400 万吨质量转换成能量。你已存在了 45 亿年，还将持续燃烧 50 亿年。你和他一样，踏实，可靠，助力这个世界。

　　我还感觉活着吗？一切毕竟早就朝着了结的时刻走了很远了。我按下遥控器，打开那面地板。在楼下的 Euphoria 里，我看见 Sharon 和他一晃而过，消失在饭店门内。他们要庆祝今天的顺利。那个一晃而过的身影是他吗？他抬头朝着上方望了一眼，他的瞳孔映出这座灯火辉煌的都市。我仿佛看见 Lumino 摆放进了世界上所有超级商场的货架，包括这座城市，碾碎他的影片在几百个店铺中循环播放，人们为此驻足，付钱，想买回一个不存在的人的梦，帮他们沉入自己的睡眠。他从小就可以直视一切，包括你，太阳。但他不会再看见我。我再也找不出人群中的他。我躺了下来，在这座超级商场的上空。我已经不知道，我什么都不再了解。眼睛在爆炸。这里万籁俱寂。这里空无一物。黑暗从我脖颈上的那个大洞流出。一切暗了下来。我正独自越过那道地平线。

2018.10

桑桑曲乌，或近似黑洞的天赋

　　离开此地的前一天，我终于走向山腰处的那间房屋。那个女人独自住在那里。整个夏天和秋天，在当地人的口中，我反复听人提起她，也曾在一些含义不明的仪式性活动上远远望见过她，当时她被众人环绕，接受祈祷和请求。她的名字是桑桑曲乌，这是当地人对她的称呼。没人知道她原来的名字，她来自哪里，年龄多大。这里的人崇敬她，带着几分畏惧。我的畏惧和他们的不同，但也足以让我拖延见她的时间。几天前，在我自己还一无所知的时候，她托人转告我，过不了多久我就会离开这个地方，回到出发时的城市。她邀请我走之前到她家做客。她似乎在向我证明什么。不久后，果真如她所言，我决定离开这个暂居之地。

　　在我脚下，土路如料想的一般弯曲起伏，到处是腐败的落叶，天空痉挛般闪光。我朝着高处攀登，过了许久才来到她的门前。我敲门，等待，听见自己的心脏正在紧迫地跳动。

　　她已经在等我。她的身形模糊，瘦小，面孔隐没在暗处。她告诉我，几个月前，我刚到的那个傍晚，是我心里的动静把她从睡眠中唤醒。当时她就躺在这间屋子里，在村里人忽远忽近的念头声中打盹。（在村里，人们用本族语言说话、想事、做梦。在她听来，那就像羊吃草，像低伏的风声。这带给她其他地方少有的安宁。）然后她听见了我的到来。我的思绪一路隆隆作响，在一阵单调的本地心灵复合的响动中，带着这里不常见的沮丧和消沉，十分突出。我为此抱歉。她让我不必介意，因为不管是我还是她，都无法控制她能感知他人全部内心活动这个事实。

"他人、全部、内心，你想知道这些合在一起的意思。"她在陈述。提问对她来说是不必要的。"你写小说，你想弄懂语言。甚至——你想了解我的天赋的成分，看自己是否可以通过模仿而获得这种禀赋。但你害怕见我——你怕看见自己作为写作者的命运。这个问题你自己有一个答案，它困扰你很久了。但放心，我不会说。对一个写作者来说，看清自己也没那么重要。"她脱口而出我心里涌动的种种念头。我的每一个想法，哪怕多微弱、短暂，都有了重量和形状。连最深沉的、尚未成形的部分，经过她的接触之后，也变清晰了。我很难说出自己现在是什么感觉。这真是句奇怪的话，却奇怪地适合此刻。和她对我的了解相比，我倒像是自己的陌生人。

我和她面对面。种种来自我的念头的运动正被她的沉默吸纳。除了呼吸，她几乎一动不动。我的面前好像是一面漆黑深邃的镜子，我的一切想法都无法从中逃逸，也不再返还给我。我好奇她内在的世界是怎样的景象。与此同时，我开始因为裸露而感到不自在，改变着在她面前的身体姿势，好像那是我全部思绪的开关。难以控制的纷乱念头一个接一个地冒出，我做不到让它们停下，就像我无法自行终止呼吸。

"别再试了，"她动动嘴角，像在替我苦笑，"头脑中的运动就像狂风吹着的叶片，只有死亡，风才会停。你能感觉到的还只是一小部分，通过语言和画面呈现给你自己的最直观的部分，不算什么负担。但是，是的（她对我内心的提问做出肯定的回答），我可以感知全部。包括你自己毫无察觉的每一次起心动念，如果我想的话。对你来说，一瞬间只是一眨眼，也许你什么都没感觉到就过去了。这样的时间感是人类为了保护自己的心智发明的。有一阵子，那时我还很年轻，我好奇人濒死时的意识能有多快。我在医院找了份工作。在黑暗完全占据那些头脑之前，一个人所有的记忆会再次被点亮，生命的每个片断同时降临那颗小小的垂死的头颅，那间不会再有任何观众的剧场。真是盛大的一瞬，死亡取消了我们面对无限时的保护机制。观众席上坐着将走入黑暗的那个人，和我。那一刻，那个人和我将手握在一起，语言凋萎，他可以体会我一直以来的感受。这只是个比喻，当然。他们根本就不知道我的存在。我是他们头脑中的幽灵。这个瞬间过去，下一刻，死亡带走他们，也掐断我和不属于我的意识的全部联结。我的天赋越不出死亡的边界，但也已经足够。有几次，濒死者的头脑出现了空白和停顿，很危险。那时我没有经验，不懂得保护自己。现在我不会再进入他人的这一时刻了。那要耗费无穷的气力。

"让一瞬间的意识凝固在一部长篇小说之中？当然，这是你渴望做到的，虽然这个想法不新鲜，抱歉。每一个人一瞬间的意识都是一部长篇，那几乎就是他的一生。当我接近一个人，就可以写出一部，但那并非小说，只是一份冗长细碎的记录，谁愿意读呢。这样的游戏对我来说也太无聊，请别介意我这样说。相比我所知和能知的每一个瞬间，写下的东西太慢，太少，也太短暂。

"我不是没想过怎么运用这种天赋。据我所知，这个世界上还不曾出现这种能力。但我很快明白，我不配使用这份天赋。这个世界也不配得到它。那些过去的神谨遵不得干涉这个世界的信条，有其深刻的道理。捕获人类心灵、意识、精神、灵魂——无论你用哪个词来称呼——的总和，是个危险的想法。我并不信任把这种能力交给今天任何一个有突出才智、品德、无论什么美好特质的人。细听他们的内心几分钟，你就会发现巨大的缺陷。他们会疯狂地加速这种天赋，把它变成摆弄他人的工具，带领全体人类走向最糟糕的结局。普罗大众也同样不可信任，他们整日思虑操劳，却大多是庸常琐碎的想法和欲望，和雷同的、自私的实现方式。我自己更是缺陷重重——你稍后就会知道为什么我这么说。在我所到之处，我接收人类发出的各种低语和梦呓，遗憾的是，在今天这个世界，我见得越多，越难以遇到什么全然吸引我或值得我发出敬畏的人类心灵。况且，它们再壮丽、独特，都像潮汐和巨浪，将被人类意识的海平面吸纳，最后，海洋就是那个展开的绝对平均值，就是我。

"相比意识的无限而言，我的生命也太短暂。我不可能再费心去寻找什么独特性。在整个宇宙中关注某一颗星星，这是没有意义的。对你们来说，'唯一'是每个人的终生目标，对我来说，'唯一'并不存在。但不管是谁给了我这种能力，却没有给我与之相匹配的另外的智慧，所以——活了这么久，我仍然不知道它应该通往哪里。但想到我会死，我的身体会带着这份天赋毁灭，这反而是一种安慰，证明这等同于惩罚的天赋也有它消逝的时刻。是啊，它根本不是什么礼物，倒像诅咒。它必须不可实现。我将阻止它被实现。虽然我很难去爱我的同类，不论是总体的，还是具体的人，但我毕竟也是人类之子，我不希望我们因为这种能力而毁灭。

"不，你错了。我无法解决任何冲突，更不用说发明爱了。在你们彼此分裂的地方诞生出了我，但我永远无法在你们之间聚拢和融合起什么，我是你们各自的分裂朝向的最终点。人类内心的小型战争无时无刻不在发生，哪怕在最相爱的人之间。人的殊异是永恒的。这就是人为自己创造的奥秘。哪怕再相似的两颗心灵，哪怕只有极其微小的部分有所差别，每个人也会把他的灵魂拴在那一点点让自己显得独特的小锚之上，虽然独特是幻觉，殊异也是幻觉。一旦你们借助我的能力窥探到他人的整个内在，你觉得会发生什么？会产生爱？不，殊异将被绝望和厌弃加固——对自我和对他人的绝望与厌弃是一回事。一切矛盾将更加剧烈和持久。人类之间彼此相处的最好方式就是彼此永不真正理解。"

一阵脚步声沿着山坡上升，她不再讲话。脚步消失，山腰恢复了寂静。她在笼罩我的寂静中继续等待。真正的寂静，她一定十分陌生。我猜，来自陌生人的心绪的噪音正在敲击她。她并没有任何办法阻隔周围世界的席卷和扰动。他人的意识——哪怕再轻微细弱——也将如同重锤落向她，她对此无能为力。我的面前是一个受着苦役、疲惫不堪的半神。

"谢谢你的同情。"她对我的叹息这样回答，"不过，请别视我为神，我只是一个怪物。我从未像你一样，在人与人彼此分离的处境中生存过哪怕一秒。我好奇和我截然相反的你们的这一天赋——分离，不亚于你对我的好奇。只要你们活着，你们那从不停歇的意识中心就永远搏动着一个个微小却稳定的光点：自我。那是真正适合你们的发明，是人类最强大的幻觉。可在我诞生时，自我的胚芽就被我的天赋碾碎了，打垮了，不管那是上帝还是哪位神的恶作剧。我无时无刻都和他人的意识、感受、自我融合在一起。我的天赋就是那根让我和单独的人联结的脐带，一根由他们通往我的单向脐带。我只是无数个他者的意识孕育的幽灵。无论哪个时刻，我都不得不感受另一个人心灵的每一次震颤，每一个最幽深的细部。但那统统不是我自己的。这世上没有一种喜悦、记忆、幻想、愤怒、怀念、痛苦，像属于你们各人那样，完全只属于我。我的存在始终向你们的全体敞开，然而你想想，什么样的心灵承受起这样的视野？在你喜爱的那些伟大的作者身上，他们的敞开仍然是有限的，那有限保护着他们，和他们自己的全部作品中那一个个殊异的自我。你应该感谢你自己的有限。别奢望从我这儿学习，它会让你瘫痪，让你发疯。没人该承受这种吸纳无限而后让自己塌陷至无限之中的天赋。"

她停了下来，心绪再次被引向屋外的山坡，脸上是梦游者的眼睛。那里又有人在靠近。她转过头来重新面对我时，没有任何表情。

"十多年前来到这个村子时，这具身体已到极限。是这里的人救了我。他们把我当作通神者，觉得我和他们过去的那几位祖先一样，可以实现他们的请求。他们给我一个名字，和通神者的使命。他们所知道的通神者的本领并不难，我就照着那个模样去做。这些人也不如外面的人那么贪婪，所以我待了下去。但他们的心灵从很久以前开始就不再变化和生长。这个地方如今已经虚弱，它已被外面的世界放弃。所以你应该离开。它只适合我，我和它一样正在衰弱。不过，也许我错了。我本该远离任何人群。今天，情况有了变化。那些人离得更近了，他们在加快速度。所以我想见见你，一个罕见的逃避而不是接近我的人，才是合适的倾听者。

"我和你一样必有一死。我的生命也只是神眨眼时的一瞬，并不例外。所以，我也追求你们所追求的，带着我全部的本能和渴望，对那个可称为'唯一'的生命，属于我的生命。但我无法做到，不可能。我的不可能却不同于你们的不可能。你们对自身的唯一性有强大的幻觉，只有死亡才可以夺走这份幻觉。而我了解作为整体的人类，就像我说过的，任何人的唯一性都根本不存在。我诞生时的那根脐带已经驱逐了这幻觉。这就是我的悲剧，是我怪物般的命运的根源：我像你们中的任何一个人一样地渴望对我来说并不存在的'唯一'，我拥有的天赋又让它永远不可能，只要我还活着。所以现在，只剩下我唯一可以做到的事。"

　　桑桑曲乌抬起头，让面孔脱离黑暗。一个笑闪过她近乎透明的脸，短暂得像我的幻觉。刀刃在她手腕处跳了一下。就在这个时刻，一群人从敞开的门外冲入。他们惊愕地盯着眼前这场平静又不寻常的死亡，露出绝望的表情，仿佛他们奔赴此地想要占有的奇异天赋的消逝是对他们个人的惩罚。他们中的一个想要上前移动她的身体，被我阻止了。

　　我注视着她，已不是桑桑曲乌的她的存在。在她的呼吸彻底停止前的这个瞬间，我看见——我相信——她的灵魂在张开。在无声之中，她曾捕获过的人类心灵的无数瞬间再次聚向她，同时亮起，但在她死亡的观众席上却只有她自己，没有一个她曾触碰过的人得以见识这种景象。或许，她将永远停顿在这个无比漫长的瞬间中，直到死亡终于切断联结她和整个世界的脐带。

2018.10

穿过尘雾的中途

1

醒来前的一瞬间，她出现了短暂的错位感，一种最轻微的失忆。她把这归咎于从昨天傍晚延续到今晨的漫长得荒谬的旅程：先是她的航班由于大雾晚点，后来是那辆降落后绕了将近四十分钟的摆渡车，出租车攀上高架，天空开始亮起，她们的目的地仍在无限地扩张、退远。事实上，直到见到小竹前，这次假期重聚和她频繁的出差中的任何一次都那么相像，她甚至没能从等候厅的人群中一下认出小竹。当时她在想什么？毫无印象。在出租车后座上，她俩谁都没力气说一句话。

然后她到了这里。这还是她第一次踏进这个房间，小竹新租的，离她的新公司很近。她端详着这个陌生的空间。这是合租屋中的一间次卧，正中摆了一张单人床，她俩到达后又摆开一张简易折叠床，放在单人床和书桌之间。她重新闭起眼，凭借清晨短暂的第一印象，一点点拼凑起这个房间的模样：单人床、单人衣柜、一张书桌、一把椅子、门边的一个小床头柜和一个宜家的简易床头灯——一个单身宿舍，临时、紧凑，除了满足日常生活的必需品外，再没别的了。她不喜欢这个屋子，不喜欢它的临时、紧凑，和它功能性的简陋。她想起在另一个城市中，她那个顶楼的一居。那里有她的书，一切便可以忍受。但她也知道，眼下她俩的喜欢与否无关紧要。前年她研究生毕业，今年小竹博士毕业，一起回国找工作、入职，一南一北，一段上坡路才刚刚开始。

她看了下手机，才刚过中午十二点。她揉着酸胀的太阳穴，心想应该再睡会儿，可又完全没了睡意。她感觉自己还在飞机上，或在一条船上，颠簸着，漂浮着，重心难寻。小竹正均匀地呼吸，她睡得正深。这场景让她突然想起穆齐尔的某则日记，关于穆齐尔从卧室的床上谛听妻子在家中的动静的记录：他独身躺在夜里，听见厨房的流水声，想象她的手指在凉水下的触觉，随后穆齐尔记录（或虚构）的范围扩大，他能看见她做每一个动作时的表情、体态，听见她的内心活动。她又记起另一篇日记，穆齐尔袒露过他如何以妻子为灵感，塑造出《没有个性的人》中的四位女性：狄奥蒂玛、博娜黛阿、克拉丽瑟和阿加特。"就仿佛妻子成为他的分身，他把她视作一种心灵和个性的综合体，人类的缩影，"她在心里说出这些句子，"而这需要一种解剖式的目光，探测、变形、创造。夜间卧室中的穆齐尔正在探测。"

"而这样的感知深度，需要一种日积月累的共同生活带来的相通的呼吸。"她继续着对那则日记的思索（此刻她已明白，是和小竹的再次相处触动了她对日记的记忆）。"需要非凡听觉。这种听觉，又需要一种被寂静环绕的写作生活。"和其他写作上的朋友在一块儿时，他们也会谈论过去作家的真实生活，甚至有些夜晚，他们抛开作品，只谈论这个。他们的共识是，很多一流作家在生活方面是天真的，甚至非理性的，比如说穆齐尔，他的日常生活全由妻子打理，她也竭力保护着他的写作，直到处于破产边缘，他都毫不知情。"纸上的国王"，这是卡内蒂对穆齐尔的评语。

但谈论归谈论，他们谁也不曾真正走入这种生活。

她不知道自己什么时候又睡着了。下午五点一刻，她被身下折叠床的弹簧吱嘎声弄醒了。小竹盘腿坐在她的脚旁，正在书桌上敲着笔记本电脑。她的新工作有回不完的邮件。留意到她坐了起来，小竹没有转身看她，只是开口道："马上，马上。"她们要去城市另一头的朋友家中赴约，路程很远。

小竹去冲澡的时候，她从靠墙的紫色旅行箱里打开带来的 13 寸笔记本，点开半个月来一直最小化在右下角的一个文档，拖到开头处。

她准备再读一遍这个开头。距离动笔已经有一段时间了。在接下来的一天半里，她可以抽空想着它。

人生第一个真正由自己做出的行动，是在由纪子三十一岁时。她决定出家。

那天在庵中，简短的交谈之后，师父头一次露出了应允的微笑。那距离由纪子第一次踏入庵中，已经两年过去了。

离开山野里那座简朴的小庵，是初冬午后四点多的光景。回到店铺里，由纪子向店里的几位师傅、店员交代了明日正式出家受戒的决定。从二十岁起便在店里当匠师的金田师傅听到这个消息后面色黯然。

店铺是家传的佛具店。由纪子的祖父二十三岁时店铺开张，之后父亲作为长子接手。这时战争爆发了。

那时由纪子刚十六岁。她向父亲提出受戒的愿望。

"不行。佛那儿不缺你一个，这个店往后需要你。"父亲当时就做出了这般回答。

"而且，你必须结婚，生孩子。之后你再要做什么我不管。"

次年父亲病逝。之前，一个丈夫已经由父亲安排给了由纪子。二十六岁时，由纪子有了一双儿女。离婚是在次子五岁时。儿女自然留给丈夫，他无法，也不应该失去他们。由纪子搬回家里的店铺。

不久后的秋天，她第一次见到了六十五岁的师父。

一楼只有玄关尽头柜台处的灯台还亮着。从薄光背后黑沉沉的壁龛深处，依稀浮现出正中的一具观音，在它两侧，是由纪子先祖和父母的牌位。收拾完最后一批客人留下的茶盏后，出门前已经脱下和服、换上一身粗布衣裤的由纪子走向柜台，点上香，双膝跪地，面向龛内的三个方向，分别叩首三次。墙上的影子深深折弯下去。

父亲生前，二楼那间六叠大小的朝南房间是作杂物间用的。里面的字画、古董、异域的佛像等等什物，都是父亲在世时四处获赠、买入的。其中不乏自祖父的年代起，各方高僧赠予的珍品。以前父亲最喜欢做的事，就是从这里面挑出一两件，在来访的朋友面前将绢布或者画盒慢慢打开……仔细留意和咀摸朋友神情的变化，是父亲最大的人生喜好。回家后的第二天，由纪子就把房间清空，布置成了斋房的样子。上到二楼后，由纪子径直走进这个房间，在稻草圆蒲团上坐了下来。在她面前，是一串数息用的紫檀念珠，一张黑漆螺钿经桌，桌上一卷《法华经》合拢在灯台旁。

由纪子划了根火柴，将火苗拢在手心里，慢慢移向灯台。一小撮火苗，起初微弱，之后稳稳地透出亮来，将房间的四面、顶壁那暗沉的木色照出了一点依稀的纹路。这时亮度不再提升和变化，和室内原先聚积起来的暗影正好形成了巧妙的对峙，哪一方都没有再向着对方的阵地前进半步。由纪子坐的位置，恰巧让她的脸颊一侧暴露在微弱的火光里，另一侧沉浸在暗处。

三十三岁的由纪子看起来一直比实际年龄年轻。但这绝不是少女的脸孔上那种被好奇天性点亮的天真烂漫，而是不知何时失却年岁的刻度呈现出来的没有年龄的感觉。一层雾霭似的神情时时笼罩在她的面孔上。无论她看向什么，都好像并没有在看那个东西，就算注视着那两个真正天真烂漫的孩子时，也像眼中起了薄雾，她的目光常常是随意而茫然的，就这样搁放在外头，柔和而涣散，瞳孔的深处，是两颗时日愈久愈发黝黑而无法映现任何东西的硬核。生产后没两个星期，由纪子就钻入了她在夫家给自己开辟出的斋房，不论孩子如何啼哭，都只在需要哺乳的时候才钻出来。提出离婚时，由纪子的公婆很快答应了。丈夫虽然怅然若失，却也是松了一口气。从小的记忆里住着这样一个母亲，对慢慢长大的孩子来说也许并不是好事。此刻，由纪子让念珠一颗颗从右手的拇指、食指和无名指之间滚过，她的眼皮微阖，表情冷峻。但时不时地，一种细微而明显的抽动会渗上面孔，让她牙关扣紧，眼皮轻颤；由纪子拨弄念珠的节奏，也不由自主地回应着这股颤动。

心愿达成后的释然，本该让今晚的打坐比之前任何一次都要顺畅。但不知怎的，今晚连将呼吸调至细微也很困难。由纪子刚坐下就觉得胸口发闷，呼吸时深时浅，一口气吐纳得断断续续，很费力。之后，头脑开始活跃起来，回忆像钻进屋缝的风一样时不时地扬起，卷起思绪。很多年前的事啊，人啊，哪怕多么微不足道，这时都毫不费力地记起来了。念头像一幅幅破碎的画面，像断线的珠子，在这昏暗房间底部端坐着的这个女人的头脑中翻飞不止。她感觉自己脸颊发烫起来。同时，蚀骨的疼痛也像针扎似的变得厉害。由纪子努力克制着想要动弹一下身体的愿望，眉头不知何时蹙紧了起来。疼痛虽然细微，但因为无法克服而产生的一阵阵懊恼，让她眼中溢满了泪。如果是几年前的她，这时肯定别无他想，只得停止打坐来中断妄念。但今晚，在幻象的反扑以比往常猛烈几倍，就快将她掀翻在地的时刻到来前，她抿紧嘴唇，五官簇起，依然一动不动地坐在蒲团上，将上身挺得更直些，让额头和胸膛直直地面向前方一无所有的暗处。

不知过了多久，由纪子感觉自己变成了石头。周身都被同样的密实填满，舌头和十根手指像树干一样粗糙、厚重，整个人也好像一下子缩小了。接着，毫无征兆地，浑身又酥软下来，像被热腾腾的温泉水泡了很久，热，而且，身体的表面似乎在不停地突起、凹陷，从里到外，不同部位都不再在它们往常的位置上，而是向着彼此迅速靠拢：耳朵似乎紧贴着胃，头顶折弯向足底。这可有点滑稽了，由纪子想，但她想不下去了，因为下一刻她就感到自己是一个不断变换的水面一样的弧形但还在不停地流淌和变幻，一连串的小水泡从底部飞快地窜向水面，最后融入空气，在青蓝色继而越来越明亮的金色的天宇下，蒸腾向上，越升越高——哪里起来的风从内部轻轻摇晃着她。仅有的意识像蛛丝一样明亮、纤细，感受着风的鼓吹，像空气摩擦空气，悬荡在同样明亮、无所遮挡的光中，渐渐无迹可寻——一只乌鸦，正站在树冠处翘起的一根并不粗壮的枝梢上。一只成年、雄性的乌鸦。它比京都的天空中常见的乌鸦要更健硕一点、挺拔一点，乌黑一色整洁如镜的羽毛和丰满的腹部让它的形象瓷实而不是轻盈，那扣在树梢上的同样乌黑的双爪，正专注地向整棵树传递着微妙的压力。它周身的羽毛，随着头部神经质的毫不连贯的伸缩，在一阵阵吹拂向此处的风里，轻微而持续地颤动着；在那羽毛底部，一层油亮、幽暗的绿光不停闪动、消失，像海面上距离很远的灯塔的光点有节奏地明灭，诱引着目光通往很远的地方……它盯着由纪子的瞳仁里有一星橘色的光，那目光也像来自很远的地方，不过它的羽毛挨得这么近，好像是从由纪子低垂的目光下面，她自己的身体上长了出来，否则为什么，她每次只要低下一点目光，就能看到羽梢每一个细节的动作呢，看见那翅膀怎样渐渐竖起来，抻开顶端的分叉，乘着气流，将她带离了树梢……她从空中俯瞰青莲院。穿过巨大的、让人想起傍晚天色的木质的古老山门，栖伏在一个巨大、乌黑的鎏金香坛的上空。傍晚的确在降临。一柱青烟笔直升起在同样烟灰色的夜幕中，和山下整个京都城区的上方。心底默念经文的声音这时骤然变响，旋即被包裹在重重殿门内部那片僧人平静又轰然的诵经声中。由纪子的声音，就这样深深地融入群吟中，无法突显，无法剔除……

心神回转时，由纪子没有睁开眼睛，只是感到周遭微弱的光线更暗了几分。好像行路的人终于到达了终点，在卸下日日背负如同身体一部分的行李的那一刻，才清清楚楚不多不少地记起，第一次背起它时的那份重量，同时大吃一惊：原来它是可以分离的，原来它的消失快得无法寻溯，像是从不曾存在过。现在由纪子就有这种重新空着手脚走路的感觉。它简单、朴实、亲切；不需要一丝停顿，人就一下子适应了轻盈的新步伐。

仍然端坐着的由纪子感到了周身的变化。呼吸间，她想要重拾意识，却被房门推开的声音震动，睁开眼睛。

听到客厅那头浴室的响动，她合上电脑屏幕，抬起眼来。她在写作这件事上有好些怪癖，其中之一就是，不能有其他人跟她在同一个房间。她转过头去，小竹正朝着她走来，蓝色浴巾像围巾一样搭在小竹雪白的肩头。她撩起它搓着湿漉漉的头发，一侧的乳房往上提了起来；本来就不大的小竹的乳房，抻成薄薄的一层皮肉，附在眼前这架瘦削的躯体上。她伸出手去，放在小竹的腰上。

"得收拾收拾走了宝贝。"十分钟后，小竹在衣柜里一边找外套，一边催她。

她没有回应，跟先前的姿势一样，一动不动地坐着。她盘算着接下来该怎么写，又算了算过年前有多少时间：四个双休日那就是八天，如果不加班的话。周五晚上就得开始调整状态。还是不够用。

"我都穿好咯。"她又听见小竹催促的声音。她不由得回头瞪了一眼小竹。小竹低头玩着手机，没看见她脸上的表情。

她打算不理小竹，继续想着手头的小说。但已经没用了。她的心绪不再宁静。她徒劳无功地返回眼前的世界，蹬了一脚带滑轮的椅子，椅子一下撞到了墙上。小竹错愕地望着她。

2

"你洗澡的时候……"她松开抵住下唇的手指，和卷进嘴里的下唇上的死皮，盯着车窗外边不再移动的车流。

　　小竹在刷微信。她的下巴上有一颗通红的痘痘，一星半熟的白色油脂凝固在顶端，快要破皮而出。出租车里的空间反射着环形高架上各种光源发出的光，明和暗的缓慢变化没什么规律可言，此刻被一层雾霭似的微光渗透着，不动了。她看了看前方不再移动的、暗红色车灯组成的笔直的序列，又向着侧面的车窗，望着公路另一头，在完全转暗的天色中站立着的那一片片楼群的形象。它们有的亮了几个窗户，更多的是整栋都暗着，跟夜色之间的界限仅凭肉眼很难分辨出来。她仔细注视了一会儿，发现几乎没有两栋楼的外观是近似的，每一栋都在竭力地、高调地宣告着自己的独特，想要吸引来往的目光，但随着它们总体数目的增加，却也只能在像她一样的过路客的脑海中形成一片庞大又模糊短暂的冷冷的灰色，这片灰色笔直地插入视野前方、上空，像一道屏障，簇新、突兀，漠然地低俯向她。她打开想象中的笔记本，记下一些此刻浮现的破碎的字句，那是她日常语言训练的一部分。但把握和描述这片她如今每天生活其中的风景却显得困难，她感到自己刚刚抓住的那些带着赞叹或讽刺的字眼多少都显得虚假，既不能引起自己的共鸣，也缺乏形成一个整体、刺破此时此刻的必要力量。"我一个同事就住这个小区。"小竹突然指着外面的一栋楼。

　　她中断了思绪："这儿？你们不是在西边上班吗？"

　　"两头都是地铁站，坐上地铁就感觉不出来距离了，也就三十分钟。以后我们买这儿怎么样？我去过她家，小区真不错。"

"嗯。"她冷冷应了一声。小竹没感到她的情绪，没作停顿继续说道："虽说这两年房价有可能会波动——二三线城市已经太多泡沫，但一线城市核心区，除非遇到恐慌性抛售，跌不到哪儿去，跌一点儿，刚需就顶回来了。手里有房，总比攥着现金贬值强，所以我们要趁早拿下第一套房。不去外环，也不能在二三线城市，宁可买小点儿，一居……"

小竹忘我地谈着。她的嗓音清脆，语速快，流利又清晰。她拥有即兴演讲的才能，这是显而易见的。她还拥有很多在这个世界上成功的才能。也许更关键的是，这些才能恰恰是容易得到这个时代识别、犒赏的，甚至连她的缺点，比如顽固、偏执、挥霍的能力和欲望，也绝不含糊，并且成为个性里不可缺少的部分。小竹，她想道，简直就是她自己的反面。这个并非第一次出现的想法，此刻还是让她心里惊动了一下。她带着内疚之心转过头去看着暗影里的小竹：工作导致的作息紊乱在她脸颊上留下了一片红肿的痘痘，黑眼圈说明着睡眠不足；但她炭火一样的眼神，飞舞的手势，却在说着另一番话：那日复一日损耗她的事物，正是她全部热情所在。

突然她觉得胃里翻搅了一下。她让自己坐起来一点，目光直直地望向车前方。这会儿车子重新在高架桥上飞奔了起来。她感到自己像是正在费力扒住涨潮时分唯一一块露出水平线一丁点儿的石头，那用去了她不少力气；当她的声音在出租车后座狭窄的空间里冒出来时，轻得像一阵雾气。

"你洗澡的时候，我在看新写的小说的开头。"

"哦？"小竹停顿了一下，紧接着给了她一个无比热切的回应，"太好了宝贝。"

"什么太好了？"她皱紧眉头，努力压住第一阵想吐的感觉。

"你在写就好。我们今晚早点回，你能再写会儿。"

"今晚就算了。"她感到沮丧，"不知道玩到几点。"

"是去日本时候开始写的那个吗？"

"嗯。想再看一遍，找找感觉。隔了大半个月了。"

"这次是先想好了再写的吗？"

"差不多。"她顿了一下，把后面的话咽了回去。

"写的什么？"小竹问。

感觉到她的沉默，小竹回过头来，会意地从黑暗里摸到她的手，握了握："我是不是不该问？"

她笑了笑。"是个有点古典的。"她感到嘴里浮起一层苦味，"一个女人，在剃度出家前一晚的故事。"

她慢慢讲了起来，像在召唤着什么。"她在家打坐，花了好一番工夫，渐渐入定了。这时候有人来找她，是一个戴着斗笠的男人。"

小竹不出声地听着。

"这个男人是她的一个老朋友。结婚前她参加过一个俳句社，在那里认识了他。男人是来告别的。他明天要离开家乡去南部做铁匠了。他不知道，明天也是这个女人'离开'的日子。他还没吃饭，女人就让人给他准备晚饭。男人握筷的时候，女人看见了他的手，她想起这双手以前握着毛笔写诗的样子。现在，这双手显得黝黑，关节上生起了老茧，却透出以前没有的坚毅的味道。看见这双手的时候，女人突然有了情欲。当晚男人留宿在她家。半夜，她推门进了男人的房间。男的睡得很熟，一只脚蹬开被子，露在外面。她看着这只脚，在床边坐了很久，直到感觉自己对整个世界的牵挂都退去了。她回到自己的房间睡下了。

"第二天早上她醒过来时，发现自己保持着昨晚坐在蒲团上的姿势，没有移动过。窗外不知什么时候开始下起了雪。"

汽车已经出了城区。道路两旁闪过黑黢黢的护城河，护城河的对面是一大片中式仿古建筑群，涂着艳丽的红漆的几根柱子散发着塑料的光泽。

她像捧着一团微弱的火苗一样捧着这个故事的雏形。虽然此刻，把它搁浅了一阵子后，她感觉不太好——继续完成它的力气正在一分一秒地流失。她害怕再过一阵子，像以前的几个一样，这一个也就被扔在那里了。

她问小竹："你觉得怎么样？"

"很干净。很像你。"

她咂摸着这个评论，随后承认道："是的，如果结束在这里。"

3

她们下车的时候天已经黑透了。小区入口处的银色不锈钢自动伸缩门关着，她们只好让司机停在入口的外面，付了车钱，92块。两个人从伸缩门尽头处的窄缝里侧身穿了过去，路过透明的六角保安厅，沿着小区主道往里面走。她们要找E区三号楼。

离入口最近的蓝底白字的指示牌上没标出 E 区，她抬头张望，眼前几栋灰蓝色高楼看起来一模一样，很难给出什么线索。这时小竹已经默不作声朝着不远处的圆形小广场走过去了，那里冬季干枯的葡萄藤架下坐着三四个人。她留在原地等着，同时点开微信的绿色图标，给程欣发了一条文字讯息：我们到了。程欣很快回复了：你们在楼门口等会儿，我们刚到菜场。她把手机放回兜里，感到太阳穴那里跳了几下，新的一阵呕吐的感觉翻了上来，她咽了咽口水，深呼吸一次，努力平复胃里翻搅的感觉。为了转移注意力，她强迫自己观察起环境来：在她面前是站在夜色里的一片大型居民区，数十栋三十多层高的住宅楼整齐地竖立着，发着光的窗户像二极管一样自上而下均匀地亮着，在这里那里断裂，又连上。地面上也有一些零散的光点，一眼扫过的印象里，亮着的有便利店、理发店、彩票站、水果摊，四散在高楼的脚下。在它们照不到的地方，是一些更隐蔽的静止或移动中的物体：停靠在花坛边的几辆私家车折射出一星两星的暗光，路灯光晕映出的小道上，一些人正拎着菜悄无声息地往家走，因为是节假日，进出的车辆很少，也没看到什么西装革履的下班族。虽然真正的城市边界还在十几公里之外，但这里还是显露出了某种尽头处一无所有的模样，小区里的热闹和四周荒凉辽阔的北方土地对峙着，在这片灰色的夜雾里，好像一个超现实的、宏大的舞台，一个——她再次感到——多少有点虚假的舞台，而她只是个偶然间入场的观众。一对年轻情侣慢慢靠近她，又慢慢远离，几乎没有注意到她的存在。她目送着他们，那个女的穿着一套粉色的家居运动服，屁股上印着那只嘴唇鲜红地裂开的猴子。她盯着那只兴高采烈的猴子，胃里抽搐了几下，终于呕吐了起来。

小竹走回来的时候，她已经从花坛边上直起了身子。她问小竹有没有纸巾。

"怎么了宝贝？"

她抬起头，看见小竹盯着她的脸，又把头低下了。"纸巾。"她重复道。

"没事吧？"

"没事。胃不舒服，吐了。"她挤出一个微笑。

小竹把双肩包搁在折弯的大腿上，两只手一起在包里翻找着纸巾。她用力干呕了几声，吐出些液体，清了清喉咙。站起来时，她一阵头晕，觉得胃像是被人重重地揍了几下。胸罩的里层和秋衣全湿了，贴在身上。她打了个冷战，觉得自己像张薄薄的、皱巴巴的纸片。

她跟在小竹后面，走在花坛边上。刚才蹲得腿麻，加上头晕，站起来时她摇晃了一下，一脚踩进了花坛，裤管里的小腿擦上了灌木丛硬邦邦的枝干。小竹要扶她，她摆了摆手，说自己没事。小竹往前走了几步，又回头站住，等着她。"你走呀——"她有点发脾气地催促小竹继续往前走，而自己只是垂着头跟在后面。小竹又停了下来，她又催促了一次，直到这时她才哭了出来。

她们穿过劈开花坛的一条长长的小径，爬上三号楼入口处的露天台阶。小竹回过头来看她，才发现她正不出声地哭着。

"怎么了？"小竹靠近她几步，两只手放在她腰上，声音里带着明显的困惑。

"对不，起，"她哽咽着。她扭动着上身从小竹的双臂中挣脱出来。"我本来应该好好跟你——"

"没事的。"小竹拍了拍她的脑袋，把她一侧的头发夹到她耳朵后面。她背转身去，用手背抹掉满脸的眼泪，浑身随着啜泣还在一阵阵地颤抖。一个小男孩突然出现在她的视野里。男孩三岁上下，正在夜色里一级级地爬上台阶。他的姥姥或者奶奶跟在后面，密切留意着他的每一个动作，他的小身子随着每一步的用力左右摇晃着，两只手臂举在半空，小拳头一下下地往下方击打着空气。他的全部身心都被这件事占据着，于是，当他来到最后一级，面对着一整片宽阔的平台，他先是吃了一惊，接着开始笑起来，笑容在他脸上安静地、涟漪似的一层层扩开，直至他整个身体都沐浴在亮光般的愉悦中。当他抬起头来的那一瞬间，那层光亮突然不见了，他站在那儿，拿一双黑黑的大眼睛一个劲地瞧她，露出无法理解眼前这场小型灾难的表情。她躲开小男孩的目光，回过头来。小竹也正盯着她，看上去不准备在她停下来之前做任何事。

"到底怎么了？"小竹低声问她。

她闭起眼睛，用手指很快地抹干眼睑上糊成一片的眼泪，又抬起掌根，往左右两边的下眼眶上重重地按了按。然后，她露出一副不愿意多说话的架势，盯着地面和墙的接缝处，呆立在那儿。小竹虽已习惯她这样突然情绪失控，脸色还是严肃了起来，拽住她的左手臂，拉着她往平台的深处走进去。现在跟之前的状况大大不同了：对于小竹靠近她，让她去这里去那里，她又一下子毫无意见了，仿佛此时此刻，她对全世界的一切都放弃了意见，连同发表意见的一整个意愿。她俩经过两部电梯和电梯前贴满暗黄色墙砖的空空的过道，随后小竹朝着过道尽头处、亮着绿色小人标志的一道窄门指了指，意思让她进去。里面光线暗了许多，在她头顶上是一只昏黄的灯泡，把楼梯两侧的水泥白墙照得发旧、脏。

　　一走进安全通道，她就一屁股坐到了地上。额头放在膝盖上面，背靠着墙，形成了一个稳定的三角形，一个只容得下她一个人的堡垒。

　　小竹蹲下来，从她的"堡垒"外面瞧着她。"到底怎么了？"

　　她沉默着。过了好一会儿，她长长地吐了口气，肩膀松了下来。她努力让自己身上散开的部分回到原位。接着她低声而平缓地、带着忏悔的口吻说道："我不知道为什么状态一直不好。"

　　一阵沉默。小竹试探着问道："因为写作？"

　　"我感觉它快死了。"她瘪了瘪嘴，感觉自己又要哭出来了。

　　"什么？"

　　"就是觉得……"她深吸了一口气—— 一种急切而激动的情绪正涌出来。她等它过去，同时感到积蓄起了一点说话的力气。"打个比方，工作是一棵树，写作是另一棵树，我感觉工作这棵树正在抢另一棵树的营养，它越长得好，长得快，我越觉得可怕——"

　　她看了小竹一眼，想从她的脸上看清她愿不愿意此刻跟她聊这个话题。小竹沉默着，表情缓和了些。这会儿她宁愿把这理解成鼓励她继续说下去——"我几乎感觉不到写作的冲动了。"

"你不是在写新的吗？"

她皱了皱眉："是在写新的。"她重复了一遍这句话，一边思索着。"就因为好不容易又开始写了，才更觉得难受。不写还不觉得。要恢复，还要前进，但都太慢了，也不稳定。我想再快一些、爆发一些，想被好状态带着往前走，就像当年刚开始写作时那种脱胎换骨的感觉……你是知道的，"她抬头认真看了小竹一眼，"可现在时间和精力都不允许我——"

"这样好不好，"小竹眼睛突然亮了一下，同时抬起左手，快速地用手指在前方的空气中指了一下，好像发现那个方向藏着一样珍宝，自信全世界只有她看到了。这是她每当有了一个主意时的经典动作。她准备好聆听接下来的一番长篇大论。"你回去就把网断了。我给你算算啊，每天下班最少有三四个小时对不对，加上周末两天，你不要出去聚会、聚餐什么的，直接跟他们明说你要闭关写作，既然是好朋友都会理解的，别不好意思。这样一个星期就省下不少时间了，对，你还有那么多天年假，我以后不叫你出去旅行了，你就好好待在家搞写作，怎么样？"

"不是的！"她一阵焦灼，"要命的是没法有一个稳定的好状态！每天下班我不可能马上就写吧，什么都不干地放空，得一两个小时，加上第二天上班没办法熬夜，能写多久呢？第二天一到公司就一直在忙忙忙，几乎一刻不停，状态马上就切断了，下班再继续缓慢地调整……"

"要不——"小竹挪了个步子，正对着她。

"这还不算出差和加班！"她补充道，"你看我今年加班更多了，以后只会越来越忙——"

"要不这样，"小竹接过她的话，语调几乎是高亢的，"你每天十点就睡。反正晚上你也没法拿出整块的时间，干脆早点睡，这样六点钟你就可以爬起来写，一来早上精力充沛，二来……"

她快绝望了："你根本没听我在说什么！你说的这种机器一样的状态恰恰跟写作是背道而驰的！"她打了个嗝。一股呕吐过后的酸味。

"这不是机器，这是自律！"小竹反驳道，"而且我明明在听，听得很认真！是你没在听我说的！"小竹几乎是吼叫着说完了最后一句话。她沉默着，感到脸上呼地热了起来。谁也没再接话。抬头时她看见小竹脸上划过一丝慎重而有所迟疑的神色。她明白那是小竹在揣摩接下来的话怎么说。她等着。

"如果说，你现在连自律都做不到，都要反对，那你干脆别写了。"这最后几个字传到她耳朵里，像掉在头皮上的最后几滴冰凉的水蒸气，让她想要叫起来。

她没有回答。她把头扭到一旁，望着通往下一层的楼道拐弯处，那一块完全、彻底的黑暗。当她的目光在黑暗里渐渐失焦，她一阵懊恼：这么多年，她还在面对一个新手才会面对的问题。

"何况也不是只有空下来的时候你才能写。"小竹微微抬起下巴，眼睛跟她差不多在同一个高度上，虽然实际上，她比小竹要高出个五六公分。"如果一件事真的是你在这个世上最喜欢和享受的事的话，你在做其他事时，都会忍不住想着它。起码我是这样。"

她默不作声。她感到一种强烈的想要辩解的欲望。她抬眼看着小竹："你现在正在做的事，就是你喜欢的事，恰好也是能赚钱的事。你的人生规划当然跟我不一样。"

小竹愣了一下，承认道："对啊。"

"你只要保证自己的状态一直在进步，一直在这一个方向上积蓄力量，就是在过你想要的生活。"

"对啊，为什么——"

"你想啊，我是同时做着两件事。我一边要花力气保证赚钱所需的谋生能力，但另一种能力，对我来说真正重要的能力，却迟迟待在原地。我的焦虑跟你的焦虑不一样，你的焦虑，跟你前进的方向大体还是一致的；可我焦虑的，是我这种工作能力，我不能，我没办法转化成写作的能力。我没办法让另一棵树去成长。你只要种一棵大树，我种的是两棵树。不——"她停了下来，在纷沓而来的各种思绪、感觉、情感当中，她突然抓到了其中真正把她打翻在地的那一下重击，那是种种具体的事情实际发生之后凝固下来的，轰然穿过她迄今为止整个人生的那份抽象却又清晰的感觉。

"是两种生活。我一直在过着双重身份的生活。"

"我不觉得。我一直觉得你就是作家。"小竹几乎不假思索地回答道。

"可是当次要身份越来越占据了生活的主要部分，有时候，你会感觉那个你以为你所是的自我，"她的声音颤抖着，"越来越像—— 一个幻觉。"

一阵沉重的倦意袭来。她背对着小竹坐在台阶上，双手摊放在膝盖上，前倾的脑袋放在双手中间。她痛苦地闭起眼睛。

"可我还是不明白——"小竹挨着她坐了下来，拍了一下她的膝盖。她不去看小竹，但这突如其来的靠近让她后背不知不觉绷紧了。

"你抓紧一切机会写就是了啊，让它越来越变成你的主要身份。不就这么简单吗？"

"你说得容易，哪里有这个条件！眼下需要认真考虑和解决的事，哪一个问题不是牵一发而动全身？没一件能简简单单、轻轻松松地解决。我算是结结实实尝到了生活的滋味，那种焦头烂额，人挂在半空中，一撒手就跌下去的感觉。这种局面下，完全没有写作的容身之地。"

她叹了口气，继续说道："最开始写作那几年真是美好。每天一醒过来就找间空教室，一写就一整天，除了写作，无牵无挂的，只觉得自由……幸福。可从那之后，就离它越来越远了，生活的内容越来越扩张，操心的事越来越复杂，每天还有眼前事要忙，却又没法完完全全地像身边其他人一样投入地生活，因为写作从里面硌着我，让我感觉在自己的生活中却像在扮演一个不相干的人，这个不相干的身份、生活，在期盼写作的过程中，倒像是根本不重要的……可又不能时时刻刻想什么时候写就写！还有，之前做学术也好，现在工作也好，我发现我都能干出点名堂来。越来越强的成就感是最可怕的。我禁不住问自己，难道我的才能不是在写作上的吗？时间一长，竟然生出一种负疚感。一想到写作，心里就更沉重，而且开始质疑自己跟写作的联系：既然别的事也能做好，写作在我的生命中也许并不是必然的吧？也许只是我自己紧抓着不放的一个幻觉？为什么写？就为了曾经体验过的那种极致的幸福感？可是，"她越说越快，"可是不一定有过那样的体验，就得一辈子都围绕着它过吧？背着它这么久，这个沉重的幻影……我累了。"她抿了下嘴唇，让一股气从鼻子里流出，"我也受不了他们老问我：怎么没见你发表新作品？多久没写了？他们不知道我是自己在和自己打架，打得头破血流！我真的快疯了——"她把十个指头插进头发里，紧紧握成拳头。"这一切有什么意义呢？除了给自己制造痛苦？这痛苦一点价值都没有！这就好像是这个我，"她收回左手，捶打着锁骨下方瘦削平坦的前胸，"被写作困在了里面，世界被挡在了外面，写又写不了，生活也生活得不尽兴，就这么处在中间，这种分裂，这种不彻底的状态我不想再承受了……也许我根本就不适合写作。"

最后一句话在她脑子里像回声一样重复。之后是一阵尖锐的耳鸣，再之后，有一瞬间，她什么都听不见了，一切都异常安静地待在楼道和楼道外的黑暗里。小竹也没发出一点儿声音，连呼吸声都听不见。

尽管从外面看不出来，她仍能感到一阵强烈的颤抖从肚子深处涌起，布满全身，一直传到她的鼻尖、天灵盖，停在那里，无处可去。

"如果不写，我觉得你会非常痛苦。"半晌过后小竹说道。

"我知道。可总比现在这样过一阵子就痛苦一下，这么一直持续下去要好。不写，去生活，不用再分裂。否则过一阵子总会又撞上这个问题，就像鬼打墙，你以为你走出去了，没料想它又一次出现在你面前。难道非一次次撞得头破血流才回头？"

"上去吧。"她站了起来。小竹随后也站了起来。

"你根本没撞上就回头了。"小竹说。

她回过头去，露出一个困惑的表情。

两个人这时站在了安全通道的出口处，外面，有人向着一扇门靠近，脚步声触亮了走道里的声控灯，洒下一片比里面更亮的光。

"我是说，你根本没真正撞上那堵墙就往后退了。你爱惜你自己胜过写作。"小竹顿了顿，往下说道，"反正你也不准备写了，不妨听听我的想法。我觉得你一直在等一个状态。觉得必须万事俱备才可以开始写作。当一切没有你想象的那么完美时，你就不愿意开始做你真正想做的事。那种理想的状态，就像你以前写的那些童话里的世界，透明的，干净的，你只有坐在那样的一个世界里，才愿意开始你的写作，不是吗？哦！我懂了，"小竹猛地击了一下手掌，"还是说你只愿意写透明干净的东西？其余的你既不愿意写，也不愿意在你自己的生活里去接纳去理解？你抱怨工作忙，抱怨麻烦事一件接一件打扰着你的时候，你是把它们当作写作的障碍，你也就不可能去理解它们，写它们——你觉得得先解决这些障碍，才能写。是你自己在生活和写作之间竖起的这道栅栏让你分裂！你觉得生活围困写作，其实是你把写作困了起来！"

她张了张嘴，没发出声音。

"你有没有想过这种可能——那个一切都合你意的世界也许永远不会再来临了。将来困难会越来越多，这是很有可能的。你怎么办？你要么现在写，要么以后、永远都不会再写了。因为，哪里都找不到特别为作家准备的标准的、完美的生活。你总跟我提的那些个作家，你想一想，他们哪一个过的生活是完美的？我看他们大部分倒是不幸的！可我猜他们连一秒钟停止写作的念头都没动过。

"不只是这样，他们写绝望写得那么好，写痛苦写得那么好，写失败写得那么好，让人读着又哭又笑。你读过那么多他们写的，有没有真正想过：他们怎么做到的？因为他们明白，天呐，我以为你也早就明白，不然你还真白读了——写作难道不是从一开始就跟生活不同的东西吗？没错，人人觉得生活不如意，光这栋楼里，你想象一下，有多少人觉得自己正在忍受着苦闷、痛苦？抱怨这些难道不是人人都会干的事么？可只有一个作家，才能既忍受着，又能把自己从里面拔出来，去描述这种忍受、这种痛苦，让读的人感到它们变得更可以忍受。鬼打墙又怎么样？这个世界推你、揉你，像块大石头一样压着你，又怎么样？只要你还在活着，你感受到的所有这一切的一切，最后不都进了你笔下的世界？你应该感谢你的双重身份，让写作跟无论怎么样的你自己的生活分离，去获得——只有你才能获得的自由。"

4

"女士们、先生们：飞机很快就要起飞了，现在由客舱乘务员进行安全检查，请您在座位上坐好，系好安全带，收起座椅靠背和小桌板……"

飞机在巨力的推动下抬升，直至进入完全的黑暗，只有舷窗外的一点绿光，在机翼的末尾跳动着。

她敲完发给客户的邮件的最后几个字，把 Outlook 最小化。今天该打的几个电话也都打完了。这一天剩下的几个小时，即使已是深夜，终于是属于她自己的了。

她打开文档，把出差途中写完了的小说从头到尾又读了一遍。她的目光停歇在舷窗上时，在高空一无所见的黑暗和客舱灯映出的反光之间，她看见了由纪子的身影。

由纪子睁开眼睛，烛火已经熄灭，窗外一片白雪的反光。尽管感觉的余温还清晰地留在身上，但梦总归是梦，哪里都没有那个男人的身影。

今天这么重要的日子，不能叫这个插曲破坏了。由纪子心里想着，决意忘却这个梦。把自己整理了一番后，她下了楼，只见店门早已敞开，金田师傅和伙计已经忙碌了起来，抚尘掸灰，给菩萨上供，焚香，嘴里吹着小曲，等着今早的第一位顾客上门。

用过简单的早饭，由纪子拒绝了金田师傅提出的用店里的车送她到寺庙的建议，决定跟前一天一样，独自步行。从今往后这些用具也要不贪着啊，由纪子告诫自己。

雪停了，天色已经大亮，四条一带热闹非凡。店铺都大大敞开着门，檐头滴下来的雪水掉在和果子店门口的顾客的身上，那是艺妓粉嫩的脖颈，或者中年男人的衣领里那带着头油味的皮肤的褶皱。到处都是雪融化后滴落的声音。雪水顺着墙面往下淌，碎冰碴混在墙角堆着的垃圾堆里，慢腾腾地往街道上流，变成地面上的一个个泥滩。那飘在清晨的细小、洁白的雪，随着时间的移动，变成了眼前的景象。

由纪子皱着眉，小心躲避着脚下的污水，可还是没能避免一星两星的泥水溅到了白袜子上。她有点懊悔没有坐车出来了。待会儿在剃度仪式上，穿着脏袜子可太不像样了。

她停下来，跷起右脚看着，不想被对面走来的人撞了一下，她抬起头，眼前这张脸却叫她惊呆了：这不就是昨夜梦里的那张脸吗？

男人愉快地拉着由纪子寒暄了起来。他还是以前俊秀的模样，由纪子特意留意了一下他的手，白皙修长的手指，比梦里还要叫她心惊肉跳。

告别了男人，由纪子失魂落魄地继续往前走，再次抬头时，已经满眼翠绿，原来她已走出了市区，面前只剩下蜿蜒向山林深处的小路，和自己。

中邪了一般，周遭越是清静，脑海里的那个声音反而越来越响越来越真实：回去吧，他可还是老样子呢！她的腿再也迈不动了。眼下她要去的寺庙，未来的生活，却越来越像个梦了。可为了此刻，她不是已经做出许多牺牲了吗？

两者哪个是真实的呢？她该怎么选呢？还是无论她选择上山还是下山，都是真实的呢？

人生第一个真正的行动，终于将到来了。

2014

玻璃酿

......

午后三点的光线延长了松针的阴影。光线本身仿佛放久了的糖水，渗入稀薄的空气，随后又不为人觉察地渐渐凝成一块，跌落在南街上。（天空发干，发白。）南街多的是曲里拐弯长短不一的巷子（死弄当然也不少），顺着脚底下的乌龟山起起落落，七叉八叉，就像龟壳上的裂纹。鲍家弄是其中的一条，两侧大多是平房，门楣和路面一样高，几步之后，就有一段台阶从巷子边缘垂下去，如同一朵朵梯状的积雨云。（其实这会儿哪来的雨呢，）朝南的一片屋顶被太阳照着，针尖般的金光在上面跳着螺旋舞，叮叮叮，叮叮叮。房屋整个儿被日光托起，止不住地向上，嵌入光滑均匀的天空。而北边的屋子一个个蹲在阴影里，鬼头鬼脑，盘算着如何把对面的那排建筑统统拽回地上来。再往前走几步，一截烟囱从脚底下升起，吐着若有若无的白烟，不仔细看，还真看不出。

眼珠朝眼角外滑动一小段距离，左下方的视野里就出现一个跳动着的光斑：淡黄色，带着蝉翼般透明、密集的纹路。我边走边留心那忽隐忽现的光斑，挺好看，但不知道哪儿来的。脚底下的木拖鞋叽个落叽个落，敲着鲍家弄的青石板。这会儿没什么人，弄堂里很静，简直太静了，鞋底的声音被放大，闹腾得很，当我注意到时便越走越不自在起来，甚至感觉整条巷子都跟着声音颤巍巍地抖了一抖，落下些看不见的灰尘。

拐上另一条巷子，光线一下子暗得多：笔直的下坡路，两边的房子陡然拔高，遮了太阳。巷子左右摆满各种杂物：二八式凤凰自行车，一嘟噜一嘟噜粉黄色的四瓣花开满窗台，圆头拖把，节节高上的几块靛蓝色尿布滴着水。半空中，天线和天线扭打在一起，外阳台硬邦邦地凌空挑起，一小溜亮光在边缘游移着。一直要到高处，最高，阳光终于露面，刚一出现，就像候了好久的小兽一般蹿出来，扑向巷子右边的红砖墙（数不清的红砖"工工工工"错落着叠在一起），放出雪一样的白光。看久了，那白光又好像红起来，并变成一种气体，想逃开却被弄堂里的空气压回去，最后只好乖乖地蛰伏在红砖表面。

沿墙面往回落，阴影又出现，红砖露出了本来的颜色。一溜弯弯曲曲的银色粗水管（像体表覆着锡箔的巨型毛毛虫）牢牢攀在红墙腰部，隔开的上下墙面上各探出五扇大窗，统统紧闭，有几扇甚至被同样的红砖封死了。

我继续走，敞着外套，挎着一只竹篮。右手边有个黑咕隆咚的小店，店门左边挂着一块米白色的牌匾，上面从上往下用红色颜料笔写着："定做——糕——粽——（米团）——圆——～～～——重——阳——糕——～～～（两条）——保证——质量"。店门右侧，不是在牌匾而是直接在上半面墙上竖着写："定做糕粽□圆"，第五个字被一只篮子遮住了，看不见（篮口搭着两只花袜子）。店里黑洞洞，靠墙竖着一列碗橱，绑上红线的白瓷碗一个叠一个，倒扣在每一层的横杠上。扭头，弄堂正前方豁开一个大口子（豁口里，一个戴眼镜的男的慢悠悠骑车掠过），敞亮的白花花的阳光里，一个人飞快地跑过来，轻得像枚剪纸，两只羊角辫在耳边乱飞，小面孔隐匿在光背后，可是："许许！许许许许！"她喊着我的名字，连续的几个尾音听上去像漏气的口哨。

"干——吗！"我说，扁扁嘴（她把我的名字叫成把尿一样的"嘘嘘"是故意的；在学校她也这么干）。唐小嘉右手拎着一只扁塌塌的白塑料袋，红线拽着的玉兔子蹦到胸口，笑嘻嘻：

"你也来洗澡啦（lá）！"

刚脱了衣服，屋顶上结集的水珠（青白色小鱼眼，一粒粒密密匝匝地挤在一起，看久了就恶心）就掉了一滴在背上，冷飕飕的，像针。弯腰脱裤子的时候，听见自己左腿里面有块骨头"嘎嘣"响了一记。倒是不疼。我关上百叶门，捧着肥皂盒和毛巾赤脚踩在冰凉的地砖上，走了几步，想起来，又折回去打开百叶门，从竹篮里摸出梳子。唐小嘉在"29"那儿等我，"快点快点，冻死我了。"揭开塑料门帘（像粉条），一股热气扑面而来。

这会儿很空，没什么人。我是说，没多少大人。大人们还没下班。基本上都是些老奶奶（也算大人）带着小孩——两个小女孩和一个间歇性尖叫的小男孩——在洗澡。
老奶奶们：上半身杵出水面，白花花的肉溶化了一般四处
耷拉着。乳房也耷拉着。温热湿润的雾气左奔右突，往身
上扑。我突然振奋起来（刚生完病的缘故？），把毛巾往肩
上一甩，对唐小嘉喊："去那边－边－边－边！"回声一圈
圈向外漾开，沾着湿气穿过白雾撞上唐小嘉的耳朵继而是
耳朵背后的墙壁。

"要死！"她兴奋地喊。

我们顺着最大的池走了半圈（另一个较小的是混水池，
外婆每次在这个池洗完了总要去那儿端一端，身上烫得绯
红还说舒服。我和唐小嘉都从不去那儿），挑了个左右都没
什么人的口子，把肥皂盒毛巾什么的放在池边，跳进水里。
水比我想象的烫（可能新换了一池），我打了个激灵。唐小
嘉烫得不停吸气，微小的风从她缺损的门牙处穿过，杂音
四处蹦。我们俩先在池里游了一会儿（人少就是好），游着
游着，唐小嘉突然低低叫唤了一声："啊呀。"我问她："怎
么了？"她说："我想尿尿。"吃吃吃吃吃，她一说完，我
和她就鬼鬼祟祟地笑起来。我说："去那边，远一点。"边
抬起下巴朝着左前方努了努。然后唐小嘉就游了过去。

等我折回到放肥皂的地方，取出肥皂（粉红的香味辛
辣的），开始往头发上抹的时候，听到背后响起一阵细微的
水声。回头一瞧，唐小嘉笑嘻嘻地游回来了。"尿完啦？"
我问。"嗯。"然后我俩又吃吃吃吃笑了一通。

闭着眼，和着肥皂沫，十个手指头压住头皮挠了不短
的时间后，我吸一口气（因为害怕而觉得刺激），一只手捏
住鼻子，膝盖越来越弯……头上和脸上的皮肤先是受到轻

微的阻力，接着就和水融合得亲密无间，被包围着，摇晃着。我仍旧闭着眼，在水里摇了摇脑袋。能感觉到头发在温热的水里漂散开来，泡沫渐渐脱离，并且，因为水波的晃动，头发一缕缕地蜷曲起来。耳朵里嗡嗡的。四周的声音蒙着一层灯笼纸，变得陌生，像火光闪烁不定。有那么几秒，我想到大海。从没去过海边。

用嘴吐泡泡，闷声闷气往水里拱：咕噜噜噜噜……咕噜噜……咕噜，咕噜，噜。没气了。我很快地、带点惊恐地站起来，冲出水面，抹了把脸，转而飞快地游向唐小嘉，"哗"一下，把头发上的水全甩到她（正闭着眼抹头发）身上。

"要死！"

然后往身上抹肥皂。唐小嘉带去一个蓝色的沐浴球。我们俩坐在池边（水泥的，有点蹭屁股），往身上涂尽可能多的肥皂，拿沐浴球使劲搓，丰富的泡沫一团团云遮雾绕地就凝在身上了。站起来，两只手掌朝泡沫攒起来的地方使劲拍下去，"啪！"乳白色的泡沫迅速向空中弹开，有几朵还飞得挺远，降落在波光粼粼的池水表面，形如一群圆头小胖船，荡着荡着，最后缓缓消失在雾气中。

看天（脚下在走），低下来看路（天还在头上，云和树移动一点点），接着再看天、边走路。或者把书包带子挂到背上，贴着小虎队头像的书包盖就鼓鼓囊囊地搭向胸前。咚哒哒、哒哒哒哒、咚哒哒、咚咚。鼓号队没有选我，我自己把这段打鼓学得通熟。再或者还可以去鲍家弄的院子摘花草。轻手轻脚推了门进去（小心冷不丁跳出来的猫），左手开月季，右手边落的是银杏叶。有一次在哪条巷子（忘了），刚拐弯，屋前冒出一口黝黑的老井（井盖揭开着，汲水桶歪在一边），我看见一个老头在那儿打太极，白衣白裤，像井里钻出来的仙人。他既不看我，也不管我在看他，自顾自地打，我就有点怕起来。况且他打得很慢。很慢很慢。简直不可能那么慢。后来我就走了（回了回头——他还是那么慢），手伸进裤兜，掐了掐月季花花瓣。

外婆在厨房弄田螺塞肉，看见我回家，半引诱半吓唬地劝我吃药。"不吃！"胖头胖脑的小药丸，裹着唬人的绿色糖衣。推开门，跑到阳台上。角落里放着盆栽的冬青，一张残缺的蛛网缠绕在枝丫上，摇摇欲坠。冬青底下摆着一只青花瓷缸，黄绿的釉，两条贴花大龙腾云驾雾。我揭开缸盖，掏出口袋里的月季（一大一小）和一把银杏叶，丢进去。它们落在缸底早先储存的厚厚一层花叶上，没有声音。

晚饭是在阳台上吃的。一直到桌上东西都收干净了，我还在琢磨着田螺姑娘。那个故事里有口大缸，白天田螺姑娘藏在里面，家里没人时她就变身出来做家务，洗洗碗、擦擦桌子什么的，还弄来永远吃不完的米。我也有口大缸，藏的却是另外的东西。——有一天它们会变成什么？

夜晚来得越来越慢。隐隐有股温湿的气流擦过鼻尖，惊动了对面楼房顶上的灰鸽子（扑棱棱盘旋起来），也让我浑身一激灵。我记起几天前的一个梦。梦里有夜晚的气息，而且也带着这样的一种湿漉漉，一种，和下雨无关的湿漉漉。我走到阳台上，面前有一段台阶，一端架在阳台栏杆上，另一端通到对面恍恍惚惚的树影里。我爬上那段台阶。

不知什么时候，手里又多出一个气球，绛紫色，像个污秽的大水泡，边缘是模糊的波浪形，看上去很重却能很好地浮在空中。我牵着气球在台阶上走。后来再没法前进也没法后退时，我就掉了下去，就醒了。

"它们一般会在静悄悄的夏天夜里出来活动。等到附近的人吃完晚饭，聚在场上聊上几句，夜就更黑了，大家各自归家，点上蚊香，放下蚊帐，蒲扇摇着摇着，就渐渐睡了。只有巷口的那只破路灯还亮着光。你啊就一个人沿着那巷子走，走到底，有个铁门，拉开门闸，进去就是大新厂的做坯间。那里头还亮着灯。会是什么人呢这么晚还不回去？这时你忽然听到做坯间里响起'啪啪啪'的声音，和白天工人在里头棰泥的声音一模一样。但是呢，又好像有点不一样。你看见窗台底下有几袋子水泥，你就走过去，踩着水泥趴到窗口。这时候你就看到，几只灰灰的狐狸站在工作台前，举着棰子，学着人样一下一下做坯呢。里头还有只小狐狸，突然抬起头朝你看了看，嘴还张了张，活脱脱人笑的样子！"

房间上方的十五瓦灯泡像只裸眼，瞧着外婆怀里的三五牌座钟，撒下一层带软毛的黄色光晕。外婆越过老花镜镜框看了看我，瞳孔尽头处的那只小狐狸也跟着看了看我。两缕视线交错成一股细细的麻花穿过我的眼睛，"啪"地粘上了后脑壳。外婆打开座钟背后的小门（门背后钉着三角形小木头楔子，固定住一把精致的上着黑漆的发条钥匙），取下钥匙，打开钟面上的圆玻璃罩，插进"3"旁边的小孔，咔、咔、咔，转了几下。我的脚心蹭到床边冰凉的墙壁，很快缩进了被单。小狐狸笑眯眯小狐狸笑眯眯眯

眯……咔－喔！齿轮一紧，座钟敲响了。我不禁打了个寒
噤。外婆坐在床沿边，笑眯眯。

下蹲，手抓牢脚后跟，脑袋往后往下别直到穿过两条
腿，耳朵被夹住（整个人成了皮球），还是只能看见白花花
的地面。迈左脚，再迈右脚，再左脚，屁股对牢院角那间
荫凉的空屋子。门缝里的黑一动不动瞅着我。两手撑住小
腿肚，赶紧站起来。

掏出裤兜里的镜子，放到太阳底下。一小块亮光在对
面的楼房表面抖了抖，稳住，然后跟着手的动作慢慢移动。
雨棚……窗帘……楼道口的台阶。一楼吴阿姨家饭厅的窗
户敞着，亮光一下子摸上冰箱旁的挂历。一个女的穿着短
裤半坐在那种很大的摩托车上，涂得猩红的嘴唇一挨到镜
子上的反光，就被抹掉了。玩了一阵（光块差不多游遍了
院子的各个角落），我放下镜子，闭了闭发酸的眼睛。闭
上眼后还能继续看：眼皮里面，有一些极小的看不出颜色
的星星，就像午夜没节目时电视屏幕里的雪花，不过小得
多（在学校做眼保健操时我老看，手指边在眼四周揉搓）。
而现在，黑幕上闪耀着一些彩色的光点。先是红色，一会
儿又变成绿色，接着又是黄色。眼珠滚动一下，光点就跳
到另一个地方，不停变着形状。张开眼睛，眨一眨，光点
还在四处跳。我把它们挪到地面的影子上，这样显得更清
楚了。看着看着，光点越变越小，最后不见了。影子倒更
黑了。

下午回家，妈妈吓了一跳（她总大惊小怪）：我背后
的衣服上结了一层白白的盐巴。晚上，我们出了门。刚升

起来的月亮和前几天不一样，黄蒙蒙皱巴巴地挂在屋顶上（像透过糖纸看到的），好像离得很近，走几步，探出手就摸得到。几颗稀疏的星星把织好的银丝互相抛来抛去。我们顺着小巷走，下坡时偶尔踩到砌在路面上的松动的碎瓦片，脚底一滑，身子就愣愣地闪向一侧。夜来香正散发着浓浓的香气。香樟树立在路旁，一棵棵像瘦骨嶙峋的花椰菜。树丛下的小虫沙沙沙的，偶尔夹杂着纺织娘一阵阵清脆的响声。远处，炮仗隆隆地裂开。妈妈挎着竹篮，我空手荡脚，捡到一朵很大的泡桐树开的花（花柱上沾满黄色的花粉，很滑）。大木桥底下有轮船开过，船头挂着灯，一点红光晃来晃去。狗在船上走，看看水，也不叫。长长的汽笛从桥这边飘到那一边。骑车的人经过身旁，漏下一串铃声，又去另一条巷子，就不见了。我一会儿走到妈妈旁边，一会儿又被一些看起来很有趣的事物引开——那多半是一截影子，一只月光下闪闪发亮的香烟壳。

每次妈妈说："过几天上锅炉间洗澡"，或者"把被套拿去锅炉间烘干"，提到的这个地名都会马上被我翻译成"轱辘间"，或者"咕噜间"。于是我的脑海中就自动摈弃锅炉间的真实形象（尽管早就去过），浮现出一个很大、很高的轱辘一样的轮状物（带锯形齿轮和向四周辐射的一根根传输带），黑黝黝地立在夜色里，表面缠绕着一截截镂空生锈的、盘旋着向上的铁梯子。而我站在那个机械怪物脚边，在它的庞大、冷冰冰面前，抿紧嘴唇。

当发现实际并不像想象那般可怕时，随之而来的是轻松。这种隐秘的轻松往往是从刚走进锅炉间所在的厂房开始的。两排修剪成塔形的松树，笔直地站在通往锅炉间的道路两旁，像被女佣人们匆忙放下还没来得及点燃的墨绿色烛台，吸纳着黑暗的夜色。路灯光很明亮，投下一长一短两个影子，随着脚步变化着形状。我的脖子一会儿很长，一会儿又完全没了。路边的树沾上影子的黑，甩不掉。我低头（担心地）看了看身上的裙子，蓝纱底上飞着白蝴蝶。

随着脚步移进，前方的一扇木头小门滤开夜色，渐渐明晰起来。吱嘎。左边靠墙垒着一块长方形水池，圆盘状的红色旋塞口正往池里滴着水。妈妈把篮子挂在门背后的钉钩上，走到左侧，一只手撑住浴池边缘，一只手伸过去拧水龙头。细细的水流带着一股白花花的热气腾了起来。等注水的时间里，我在池旁走来走去，隔一阵就把手伸进水里试试温度，"太烫了。"最后我说。旋塞被拧上后依旧不紧不慢滴着水，水滴的重量使水表面的膜凹了下去，荡开圆晕。我的目光追逐着一个个圆圈由小变大最后消失不见。热腾腾的雾气很快涌上来，充溢了整间小屋。

松开右手掌心，水很快从指缝间涌入。我想象着水波碰到玻璃弹珠时的情景。另一个世界的云彩一丝丝凝固在弹珠内部，它们是不会湿的云彩。抬起手指，弹珠轻松地划破水，向手腕方向滚动。然后再放下手指，抬起手腕，滚回来。一定要小心翼翼地操作。等熟练了，下次还可以多带几个弹珠。

妈妈帮我搓背的时候我哭了。她的指甲像小锉刀一样锋利，一道道往肉里嵌。开始，我只是轻微扭动身体，被她训斥后，浑身开始不自在起来，干脆把手伸到背上试图阻止她的动作，结果手被打了回来。开始还忍着，后来脸上终于绷不住，哭开了。哭得很专心，妈妈趁机把我的背搓完了。

　　闹腾了一阵，我觉得有些累，干脆闭起眼睛坐在池底。池子上方的水珠不时滴落。整间屋子只剩下池里轻微的水波声，妈妈手指肚与皮肤摩擦发出的声音，和一种很轻，很轻的嗡嗡声。我把两只手臂抬起一些，它们就兀自浮在水中，随着水流晃来晃去。摆向右侧时，手背轻轻擦过池壁上的青苔。

献给外婆

2006.2

白烛

　　一个狭小的房间，钢制小床倚着最北面的墙。弹簧失却新的外力，不再发生形变。二楼，褪色的雨棚布垂落在竹竿上，稀薄的光透过它。从室内往外看，窗棂切割出一个灰色、细长的十字。这是一座二十世纪八十年代的普通居民住宅。夜晚刚过，再次来临，如果照常的话，将是十四个小时之后。院子里灰蒙蒙的。太阳还没出现。不远处，往西两百米，有一条小巷。一些关闭的店面，一蓬草在刮过台阶的风中抖动。罩着黑布的鸟笼。废弃的篮球场。灰蒙蒙。东面，跨过一条河，出现镇郊模糊的原野。荒芜的烟黄色土地一片片杂乱地裸露着。低矮的山脊，青灰色，后退成隐约的城际线。（她的墓地不久将占据山腰上一个同样狭小的空间。）静默中的降临。心平气和的接纳。指针颤动着停在一个方位上。她躺在那儿，背过身去，缩小成一个点，余下床右侧一片慷慨的空白，余下一个后背——她未跨入其中的世界从上面滚过；一个单纯的、天真无知的后背。

　　这个时刻，一年多来，这个时刻一再被提及、盘算、观测。不需要避讳，一旦呈现就是理所应当。一种程序。不完全属于私人范畴。在自己这一方，很多年前，当她意识还清晰的时候就给自己做好了寿衣，包括考虑到尺码要比平常略小些。后来就一直搁在柜子最底层。厚实的灰褐色，稳妥地被事先寄送到路途的终点。最后一年的年初，南方的大女儿提着她的生辰八字去庙里求签，被告知拖不过八月半。一直到守灵的那夜，她才说出这个应验了的数字。唉……他们摇着头，叹气，老人的事……而她的外孙女，同样没有恪守沉默，用文字虚构着，谈论着她的死亡，流下自私的泪水……死亡的话题隐没在日常生活的波光中。一只孤鸟投向海面的影子。

现在，都结束了。

他们抵达了，看到了。

窗敞开着。风吹动散落在地面上的纸屑，那些土黄色的锭纸，少量锡箔夹杂其中，闪着一星半星的银光。低低的交谈声。椅子被拖动的声音，小录音机循环播放着的唱经声，以及盘香和银锭燃烧发出的味道从虚掩着的门外溅进来。她坐在灶台旁边的小木凳上，抱着怀里的包，刚戴上的孝布，末梢拖在地上。一路颠簸造成的干呕还没消失。楼下，丧乐队里的长号吹了几个单音。很快，其他的乐器一起跟上，轰杂着穿过楼道，从所有打开着的窗口涌入室内，以压倒性的强度淹没了之前那些谨慎、细微的响动。恩娘啊，小叔叔来看你了……哭丧是女儿们的事。仪式的一部分。十几分钟前，当她穿过那些起劲碰撞着的金属乐器，踏上昏暗的楼道（10级，拐弯，6级，不曾变更的数字），跨进门槛时，从房里奔出来的披着孝的是她的母亲，外祖母最小的女儿。她看着一向隐忍、羞涩的母亲瞬间淌下的泪水（被熟练控制的、机制性的），因为痛苦（？）扭曲起来的脸……尴尬，羞耻，手足无措。快点磕头，烧几张纸。母亲迅速地擦掉眼泪，指点她。这才注意到她的尸体，妥当地被安放在客厅右侧的一张门板上。略显滑稽的寿衣寿帽，脸上盖着一张黄纸，纸角微微卷起。她僵硬地磕了三个头……烧了几只银锭。随后被带进房里见赶来奔丧的各路亲戚。两间房里坐满了人。黄蒙蒙的人造灯光均匀地漾开，在每一具身体的边缘游动着，她一走进房间就感觉到了；但除了她，并没有其他人注意这一点。这是常州来的荣根舅舅认得伐，这是上海的姑婆……长这么高了啊玉玉家女儿……以前么外婆最疼这个了……手臂被摸了一下。她一个个地喊过去，机械地捕捉着进入耳朵的一个个称呼，随即从嘴里吐出来。思绪一直在飘移，某个地方始终没有衔接上。要不是这些熟悉的家具、门窗，她一定会以为自己弄错了，打扰了一个陌生家庭的聚会。这些赶午夜场似的一下子冒出来的人，屁股随意地搁在十几年前她和她共同使用的椅子上、床上，无知的背部挡住墙角她幼时的涂鸦。外面，子女们在她身边走来走去，视线不停晃动着落向各处。她被忽略了。被搁置在那里。一丝阴郁的恨意。噢，快抛开这幼稚的念头。那只是一具尸体。她对自己说，她不再有感觉了。退出来，站住的同时看见摆放在外祖母脚旁的黑白遗像——她平静地微笑着。在她生前，这张装裱好的照片一直放在壁橱里，她见过。现在，由于这张相片，由于它摆放的位置，现实的色调终于渗入了这个空间。不合时宜的泪水涌出来。她用手捂住嘴，肩膀靠向门框，下巴控制不住地颤抖。哭吧，哭出来，放声哭，她的小阿姨走过来拍了拍她的后背，对她说。对，就这样，抓住时机，展露悲伤。谨记这也是仪式的一部分。

在她的病还没严重到晚期那种程度，腿没摔伤（一副用了几十年，变得极其脆弱的拐杖），还能由人搀扶着缓缓走动的那段时期，子女们会把她领出房间，参加一些家庭性的宴席。一尘不染的洁白桌布，仿制的蝶形水晶吊灯洒下柔光，落在她颤动着的稀疏头发上。餐布塞入松弛的颈部。锃亮的银质餐具安静地等待着。后代们一圈圈地环绕着她，一个甜蜜的圆面包。（她的味觉还正常吗？）含义不清的微笑挂在她脸上。

最后一次类似的出席是六月份。小外孙女去接她，从衣柜里取出那身黑底小白圆点套裙。她坐在窗边，眼珠盯在某处，手指蜷缩着缠住被单角上脱落的线头。必须要有东西在手里，废纸、围裙边、身边可以摸到的一切。一种伴随性的反射机制。然后手指内蜷，抵住指根，类似某种猿。

利用这一点（某种程度上），她把手放入她的手掌心。她握住。手掌的裂缝边缘刺着一排小针。

——外婆，你看看我呐，认不认得？

把嘴凑向她的耳朵。一个固定游戏，在外人面前甚至具有一定的观赏性质。（那些笑声像是奖励。她就也笑。）引导者带着熟练的麻木，忘记无人时那种隐蔽的期待。

——怎么会不认……（咽唾沫，头没抬）你呢？

——那你讲，我叫什么名字？（温存调皮的声调。）

—— ……

紧闭的嘴唇扭向视线够不到的侧面。试图聚拢起的字符被重新碾碎，沉入水底。

如果她配合（并非有意），穿好一身衣服只需十分钟左右。要看运气。要熟悉她的关节弯曲程度。不能弄疼她。最后慢慢站起，小心翼翼地慢，甚至带着某种神圣意味。丝绸闪烁节制的光芒。裙摆打着规则的褶皱，家族的体面在上面滚动。

疾病被掩盖起来。小外孙女坐在右侧，负责尽量将老人的大孙子婚礼上融洽、高贵、辉煌、完美的气氛维持下去。或者说，不被她的疾病打扰。整个家族都在盼着这场不容易的聚会，旅居外地不再年轻的大孙子，回到老家操办这场隆重的闭幕式——之后就只剩一个理由，最终的理由，能再次召回他。

她很安静。将背脊弯曲成一个固定的弧度，陷在椅子里。就像安静地待在任何别的地方。她的身体外侧牢牢地箍着一个透明的钟形罩，她在哪儿，那个罩子就跟着她扣向哪儿，不由分说地消解着她所看到、听到的一切，将这些东西传达至体内、获得解释的路径堵死。干干脆脆的拒绝。

就像当她发出声音，用混乱的言语提出某个要求时，我们对她做出的同样的拒绝。

貌似善解人意的安静持续着。宴席中途，服务员来换吐渣盘。两只手紧紧扣住盘子，她眉头微皱，嘴撮着，像看到了什么不可思议的恼人景象的孩子。服务员，女服务员，那些在你身边不停晃来晃去的嗡嗡嗡，目击者，长舌妇，其中的这一个以同样的执拗与她争夺着她手中的盘子。食物残渣带着我们的歉意，纷纷掉落在猩红的地毯上。她那猿一样的手指胶在瓷器表面，弓起，青筋凸出。不要收走。她那最小的外孙女，因为气愤和难堪脸涨得通红，抬起头向服务员请求。一张同样涨红的、愚蠢的脸——没听见，或者故意不去听。不可思议。僵持的幅度终于捕获了其他人的视线。她的大儿子，宴席的第二主角——带着畅快的醉意，脖子在酒精的作用下鞶得又粗又红，停止了与邻座的交谈，抬起头，随即以一种高亢的语调对那个服务员喊道：快点把盘子放下来，别管！她——老年痴呆！边挥着手，随后像是自嘲又像是故作爽朗地笑着，扯扁了的、锋锐短促的笑声从他的喉部漫上来，好像那句话只是一个恰如其分的席间玩笑。

手指依旧搁在盘子上。她的脸——外孙女胆怯、小心翼翼的目光装作不经意地偏过去：和之前一样平静、漠然，挂着正在淡去的、一个无辜的笑。跌碎的波浪被新的潮水覆盖。庞大的游船载着兴高采烈的人群继续航行，海鸥飘随四周，发出轻快的呱呱声。羞涩貌美的新娘出现在大厅门廊，很快吸引了大家的注意。和站起的众人相反，她的外孙女依旧坐着，双手搁在桌下的膝盖上，以一种不亚于之前那只盘子所承受的力度，十指互相紧紧捏住。指间的力量顺着肩膀上升，维持住得体的坐姿。捏住。捏住与旁人无关，与她的外祖母甚至更无关的一种灼痛。

在光晕的外围，背光处，站着一个三十岁左右的女人，脸上的脂粉又厚又重，像一个光洁、隆重的面具，同样厚厚的一团假髻叠在头顶，拱起处斜插着黯淡的珠冠。桃粉色的戏衣挂在身上，胯骨那儿有块深颜色的污渍。她站在遗像对面，眨着眼睛，一下，又一下，等着面前的人群平息下来。她是一名职业哭丧者。

丧乐队里的二胡手，一个瘦弱、黝黑的中年男人，坐在大门左侧。儿女亲眷，二十多个，膝盖搁在蒲团上，跪满了狭小的客厅。窗打开着。浓雾般的夜色看上去和屋内的墙壁隔着一段距离，把灯光衬得明亮，孤立，悬浮在夜幕下，像舞台照明。默哀。一片低垂的后脑勺。二胡缓缓地拉了两个音。短暂的休止。弦声第二次响起时伴随着一个夸张的女高音：我的恩娘啊～～～你含辛啊～～茹苦，把儿女拉扯大……每句戏词都拖着呜咽的哭腔，一段结束后还有专门的不带戏词的号哭段落。女人略带沙哑的声音扩散成尘埃一样的微粒，慢慢填满了客厅上方的空间。接着，底下跪着的人也开始加入。一片嘤嘤的啜泣声。

按辈分，她的小外孙女跪在最外圈，一直退缩到了厨房里。她正低着头，把手指伸进稻草秸秆的空隙里摩挲着，接着又毫无目的地摸了摸厨房的水泥地面，接着微微侧身，悬空发酸的左膝盖，手伸下去揉了揉。胳膊肘碰上了脸盆架，咣啷啷响起来。她赶紧用手扶稳。你一辈子为了这个家～～为我们子女操～～～尽心……她悄悄抬起头，瞟见哭丧的那个女人，一张脸惨白惨白的，妆不知被汗水还是泪水弄花了，一句唱完，配合戏词地举起一只水袖，将两只涂得黑洞洞的眼睛埋进去作拭泪状。外祖母的上半身被大舅舅的后脑勺挡着，只看得到盖在她身上的寿被边上露出一团团的棉絮。那是下跪前按程序给她"暖被"时，子女们绕成一圈，轮流给她塞的。有一些掉落到了地上。可能塞得太满了，她想。

突然，她目睹一滴泪从父亲低埋着的脸上滑落。想起早上父亲给她打电话：外婆走了……——哽咽的、竭力抑制住的中年男声。前面，母亲抽泣的声音越来越大，祖露着的后背掠过一阵虚弱无力的颤抖。右边的父亲伸出手，放在上面，轻轻拍着。好了，好了啊，控制一点，节哀……恩～～～～娘啊，黄泉路上莫回头，两眼茫茫再～～不见……母亲歪身靠到父亲身上，放声哭起来。恩娘啊～～～那个女人的戏词打动了她。下午在楼道里换灯泡时，母亲像是自言自语地喃喃道：本来以为爹爹走了，总还有姆妈在……孤儿，母亲是孤儿了。终于，一滴眼泪掉到水泥地上，洇开一个灰色的圆点。她开始为她母亲感到难过。

路灯全熄了，黑暗淤积在这一片区域。不近不远的地方浮动着一片小虫的叫声，她仔细听了一会儿，辨别不出是什么虫。叫声，也可能是摩擦声，她想，没多久就停止了。她站在阳台上，凭着记忆勾勒出夜色中的诸多景物——对面的楼房和空校舍，右侧的小树林，联合医院的露台。寻常，固定。这是凌晨三点。第一个守灵夜。

她很久没有在这样的时刻醒着了。这样的时刻，她一贯已沉入安稳的睡眠，但她知道她的外祖母在黑暗中总是睁着眼睛。这样的时刻，睡眠总是离她很远。她睁着眼睛，隔很久眨动一下，抖落掉沾在睫毛上的尘埃、黑暗，或者其他什么。这样的夜晚，一个接一个。

　　她闭上眼睛。这种联想，这种无助的孤独感让她受不了。因为长时间的烟熏，她的眼睛热辣辣地疼。她突然觉得自己在试图靠近一个不属于这儿的人。她推测着她的感受，她试图目睹她所目睹的东西，她呼喊，等待，她不相信。不相信即将被火化、埋葬的是她。就在身后不远处，天花板上的白炽灯映出躺着的她瘦小、僵住的影子。可真正的那个人，那个赋予某个亲密称呼以特殊意义的人，从很久以前开始——多久呢？久到患病之前？——就早已远离了她的生活。

　　当她有时需要缩进一个壳，缩进一个暂时让人找不到她的地方的时候，她就想起她的外祖母，和时间另一头的这个房间。在那儿，她紧紧偎依着这个老人，在那儿，她们相聚在一起。

　　而不是在这里。不是这个人。不是像这样——她醒着，而她睡着。

　　自从那次事故——她从床上滚下，摔了腿——之后，蜷缩着的韧带便再也没有伸展过。骨骼恢复的过程中，她的家人疏忽了这种无法逆转的状况。身体的痛楚和变化成了她永恒的秘密。越到后期越是沉默。（最后一个星期，她无法进食，厂医给她打白蛋白，针头从脆化了的血管的另一侧一次次滑出，再重新扎，第八次，第二十六次，持续了半个小时之久。她没淌一滴汗。也照例没有一丝反抗。）

谁也无法检验她的衰老阶段并由此推断她可能的复原程度。这是他们第一次面对所有这一切，包括后期丧事的一系列程序、环节上的讲究。她是他们的第一块实验场。这一切，是她给予后代的最后一轮负担，镌刻着她的名字的茫茫大洋上最后一批荷载……最后一次奉献。

她蜷缩着躺在床上。到了时刻表上的排泄时间就被抱起，搁在马桶上。有时她会发出虚弱的兽的那种喘息声。混沌而滞重。时间一到再被抱回床上。（轻盈的骨骼，皮屑，肌肤最后的温煦。）接着是进食时间。换尿布时间。清理时间。衣服被捋下来，意义不明的哼哼声，翻身，下身的布被掀开（没法穿裤子了），惨白的干瘪的私处。一尾被翻来覆去的搁浅的风干的鱼。鱼化石。

独自躺着的时候又像一个轻巧、虚妄的玩具。睡着了就是一个玩具的影子，渐渐变淡变淡变淡……住进这栋房屋时的家具从没移动过：五斗柜、夜壶箱、衣橱、茶几—— 一片深褐色，填满她的四周。睡在深褐色的圆心里。睡在核桃壳里。像一张虚飘飘的暂时性的贴纸，可以轻易被揭去，脱离。

那种气味，压倒一切的气味首先沾染上你。当你踏进那个房间，不止鼻子，你的全身都会皱起来。气味随着时间埋入水泥地面、墙壁、天花板，潜进木头家具的每一道纹路，黏附在玻璃和人造皮革表面。清洗和通风能适度减弱但无法消除，庞大，没有边界。在属于她的最后的夏季傍晚，它遁入窗外的空气，同植物、清洗过的白汗衫、爆竹、河水、街道的气味融合在一起，彼此改变着对方的成分。你不会知道它确切的来源，以及从哪一刻开始流动。它是潜伏四周的隐形人，是霰弹。因为逼近，你印象深刻。它也是她的印记。是她与世界建立的最后的联系。接收它，并感到欣慰吧——她还在这儿。把你的脚踏入水中，绷直，牢牢站住，被淹没被包裹被拍打吧！

以前，她是一个多么爱干净的人。

给她拍最后一组照片，是在摔跤前一星期。头发剪得极短，无袖的棉布汗衫上点缀着纯真的蓝色小方块。一共七张，三张在笑。亮闪闪的眼睛，光还没有关闭。单从照片上，看不出她和其他老人的不同。或许因为她擅长静默。

拍照三个星期后她开始长暗疮。任何一块皮肤受挤压时间太长就长。必须不断地给她翻身，时间间隔也越来越短。紫红色的软块，破皮，接着流脓，腐烂。敷着药膏的纱布和溃烂的皮肤结在一起，揭不下来，只好用剪刀剪掉边缘部分。到后来看得见白森森的骨头。半夜摸到自己的排泄物塞进嘴里。两个星期后她的生命终止。虽然有所准备，这速度依然让人目瞪口呆。

阴影覆盖下来。疼痛瞬间消失。最后一次给她擦拭身体，折拢的膝盖骨被小心翼翼地扳直。没有发出声音。

一双浑圆、红润、略显肿胀的手，女性的手，手背上分布着一些不太明显的皱褶、裂纹和淡紫色斑点，指尖微微内蜷，搁在一只篮子边缘。下移，从篮子里取出盛着饭菜的几只碗、碟，一双筷子，一对酒盅，依次摆在墓碑前的空地上，接着稍稍调整了一下它们的位置和距离。在众人的观望中，手的动作显得舒缓、耐心，充满必要的敬意。二十多年前，这双手和另一双手在一些极少的接触中（怎样的时刻啊）曾互相握住。接着，那双手消失了。

她在墓碑上方的树荫底下看着母亲的手的动作，想到这些。她展开胳膊，将自己年轻得多、但同样浑圆、骨关节突出的手埋入柏树鳞片状的叶片间，眯起眼睛。不光是树叶，她想，还有另外一些她们已经触碰过的东西。

车轮轧过一段不平坦的泥地，窗玻璃震得哐哐直颤，磕疼了她斜靠在上面的太阳穴。她睁开眼睛，抬起手腕看了一眼手表，八点刚过。丧乐队的人集聚在车子最前端的驾驶座旁。时断时续的吹奏声，连同车尾不时炸开的爆竹声，合成一股绳（车，车上的人倒成了附属），清晨的街道背负着它，向前盘曲，路面被勒紧，收缩。楼房消失，进入郊区，车子加速。左侧，脏兮兮的钢蓝色玻璃窗给一切都笼上了一层朦胧的蓝雾。农田，电塔，天，咯噔，景物抖了抖——农田，电塔，天。她重新闭上眼睛，后座上的谈话蹦进耳朵，大姨的声音有些发干但还是兴致勃勃：他们本来去年就要移民的，去澳大利亚……咳，谁晓得啊……腾腾不是心脏要动手术么，就没走。媛媛姐现在发财啊——二哥的声音——现在医疗器械这块油水很大，没得比，光吃回扣就吃饱了……欸欸！哪里啊……也就还好，大姨又叹了口气，毕竟也辛苦，一天到晚出差……车身侧了侧，拐了个弯，一串小鞭炮噼里啪啦在车尾炸响。硫黄味。她抛下热气腾腾的年夜饭，溜下楼，看见一小簇将尽的火花。点燃的人已经离开。抬头看见厨房里晃动的身影和一团橙黄的灯火。中止回忆，下车。墓地到了。

高处，很高。可以从容不迫地观察风景。房屋像积木玩具一样安放于土地上，显得异常脆弱，小巧的蓝色屋顶在升起的太阳下像抹了新油彩。到夜里，她想，也许会有一些灯光，由近及远地移动，或从室内泻出。也许值得一看。这儿是户外。在户外，感觉会不同。山，树，泥土，天空，很好。所有的墓都是簇新的，彼此相似：汉白玉栏杆，灰色碑身，红色镌文。找到她的名字（下了山马上就被淹没，认不出），摆放花圈，点起火，脱下孝衣、孝帽、黑纱，灰烟腾起。他们齐心协力完成了最后的大事，在一种轻松的气氛里，拍着彼此的肩，说话，掸掉身上的尘土，眺望风景。小孩子在墓地间跑来跑去，嘴里叼着哪儿拔来的草，好奇地注视着这一切。

下山的时候，长辈叮嘱不要回头看。会惊了她，他们说。

她在台阶上转过身去。什么也没看到。一阵烟雾正在消散。

不可能因为她的病而将拽在手里的生活完全抛开。一个断了线的气球，被风刮起越升越高……你死死盯着，但也无法阻止它最终成为一个虚无的点。每次眨眼之后它都似乎离得更远了些。你明白那种距离不可逆转。你看着。但也仅仅只是看着。

寻找下一个保姆的断档期内，白天，他们把她锁在家里。她打开煤气，把锡箔纸倒进电饭锅。厨房立刻被封闭起来。（她在客厅里来来回回地走，每隔一段时间就去摇晃那把锁。）第二次，她扶着椅子去够灯泡。他们切断电闸。最后一次，她站在阳台上，想要走到外面去。一楼的邻居看见她站在窗前，焦急地拍打扶栏。地面看起来就在脚下，牢固，坚实，没有方向，没有情感。为什么不可以。

被关着的时候她都做些什么。驯服地走动，还是抚摸身边的物体。用抚摸他们时的动作。最严重的一次走失是在七月份，七月十二，一个炎热的星期一。白晃晃的午间阳光像碎水晶一样到处跳动。（是光的错吗？）小女儿在厨房做饭。供出入的两扇大门毫无心机地敞开着。永远不会知道，到底是什么引诱了她。厌倦？习惯行为？记挂着的未做的事情？还是，孤独？那次之后她再也没能自己走出房间。

子女们被一个个通知。一场烈日下的搜寻。走到外面，什么都可以是一场新的引诱。河流。公路。死亡本身。小外孙女骑着自行车奔出门。在一条巷子的下坡道上，链条脱落，她试图动手重新安好，机油沾得满手都是。她在烈日下寻找可以洗手的地方，或者可以把这些黑乎乎的黏稠物擦干净的任何东西。她拔起一把枯草。干燥细碎的草屑从指缝间掉落。腿上也有几块黑污。她拍打着草屑，感到饿了。她的外祖母也饿了，她想。她不想想。这时她不愿意想起与她有关的感受。她有没有流汗？有没有害怕？被车撞倒血流一地的情景攫住了她。她疼么。她会不会已经……死了。推着车跑起来，穿过巷子到了新的一条马路，车，人，老人（与她无关的），晃眼的光砸在路边的金属车棚上。左还是右？找不到她。找到了还是找不到她。一下子，她觉得无比沮丧和厌倦。抛下车，走。走得远远的，离开，离开挂念，离开那个房间，离开与她有关的漫长如同囚禁的时日。一个沙哑的名词涌上喉咙，又被吞下。

葬礼上，她被派出门买楼道里需要的灯泡。跑下楼，拐出院门，她举起双臂交叉在脑后，脖子后仰，仿佛一个迎接的姿势。外面，沸腾的街道，镀铬的防护栏闪着灼热的光，克朗，克朗朗，自行车响着铃，一个小伙子吹着口哨经过拐角。紧致，诱人，没有缺口的生活。她握紧灯泡的包装纸，一棱棱的齿形从指肚上滑过，站定在店门前。报时的机械鸟在敲响钟声的时刻钻出来，咕咕，亮了一下，咕咕，又亮了一下……接着缩回到暗处。

那场寻找，在他们出门半个小时后下起了雷雨。她回到家里守着电话，等消息。猛烈的风在楼道里盘旋。泥的腥味。她看见雨水落在灰色的墓碑上。雨水落在……电话响了。是她的舅舅，询问消息，告诉她他这就去派出所报案。她挂下电话。有他们在，也许最坏的状况还不至于发生。一丝凉凉的安慰。第二个电话（17：03，差不多六个小时之后）：找到了。喂喂——还是舅舅，嗯……在派出所，110警车巡逻……通知他们……一个人在雨里走，拖鞋都……问不出名字，眼神不对……很巧，好，不用担心，对，马上回来。

打完那些电话后她挨着床沿坐下。天已经暗了，她拉了拉灯绳。床上，外祖母的那件汗衫皱着，半卷半摊，上面的蓝色小方块密密地彼此挨着，扭成一个委屈的形状。她站起来，走过去。

她抬起手，平摊进空气里，指尖与指尖的距离因为镜子的作用显得又近又疏离。啊？来吃饭（普通话），来。对着镜子里招手，做出一个扒饭的动作。嘻嘻笑。长时间地看自己的手，翻过来又翻过去……那个老太婆，她指着镜子，压低声音，瞳孔因为不断淌下的泪液显得湿漉漉：别人家的。

有一天外孙女蹲在躺椅旁边给她喂饭。小时候，两个角色正好对调：她的外祖母举起银勺子，故意闭起眼睛，她紧张地偷偷伸过嘴去……啊呀，哪个小畜生又来偷吃了。咯咯咯。

阵雨洗刷过的黄昏天空，云层吸纳着落日的余光。她扭头看着窗外，两只手臂一动不动地垂落在膝盖上。天红了。她说。

面前的世界随着她缓缓分开的眼睑投映在眼球表面。正前方，一面窗占据了墙上部二分之一的面积，光照使她触碰其上的瞳孔慢慢收缩，然后停住不动。眼珠不大，黄褐色，中央有一小块亮泽，反映着面前光影的变化。眼珠的每一轮转动都很缓慢，缓慢得可以清楚地记录下整个过程。一圈圆晕从眼球的边缘化开。眼白浑浊。

她刚从睡眠中醒过来。醒，就是睁开眼睛，待着。户外是一个晴朗的午后，光膨胀着挤进来，软化了窗棂的形状。树叶绿得发亮，蝉声轰鸣，云朵洁白、结实，蜜蜂在仙人掌旁振动着翅膀，画出一个弧形，又飞走了。更多的，甚至无穷无尽的景象将随着目光的移动翻腾、出现，但对她来说，这个午后，和一个阴天的午后一个暴风雨的午后另一天的午后直接从上午跳入夜晚的消失了的午后，没什么不同。不无聊，不有趣。不好，不坏。不目的，不意义，不有变化。不。

她抬起头，目光顺着落在水门汀上的凹凸不平的光斑往前挪，窗户和墙面的映像颤动着从她眼中滑过，又消失。光亮减弱，天花板被一次眨眼隔断，接着稳稳覆盖下来。灰白色。规整的几何平面，角落里悬落着一丝丝一团团沾着尘灰的蛛网。没有什么吸引她的。她重新垂下头来。

身后响起一阵模模糊糊的嗒啦、嗒啦的声音，一个人出现在右侧又停在了她旁边，俯下身把头凑到她眼睛前。同时落入视野的还有那个"人"裸露着的一截"淡黄色""手臂"，"手臂"尽头是"五"个分叉的"手指"，托住一个"白色"的"半球形容器"。最"上"端，也是挨得最"近"的地方冒出一团庞大的"黑色"：是"头发"。那个人在她耳朵旁边制造了一点声音，安静下来，又响起一阵音量略大些的响动。她对着那堆呈"丝状"的"黑色"，嘴角瘪了瘪，又扯扁，翘起。哒哒哒，那个人握着一条"银色"的"细长"的"勺子"，敲了敲那个"半球形容器"的边缘，发出一些清脆的、相同的音，几秒的安静后，那条"淡黄色""手臂"握着"勺子"，从容器里挖了一点东西，凑近她嘴边，"半温柔半强制"地塞了进去。一团带着温度的糊状物进入她的口腔，充满了舌头和牙齿之间的空间。那分量顿时压垮了她僵持的笑容。

两个人，一前一后，走在一条带坡度的小马路上。雷雨刚过，热气消退了些，人行道湿漉漉的，泛起一层薄雾般的黛青色。未排净的雨水，混合从路边小饭馆的厨房间渗出的油污，淤积在道路两侧，刚才的暴雨中被风从高处刮落的叶片黏附在表面。

为了避开一处水洼，两人中稍稍落后的一个，那女孩，抬起腿跳了跳试图跨过去。左脚的浅帮球鞋重新落回地面时，几滴黑色的泥水沾上了鞋面。女孩飞快地皱了皱眉，随后抬头（脸颊发红），看了一眼前面男孩的背影。他并没有转过头来。穿着淡蓝色衬衫的后背微微躬着，因为全神贯注于走路，迈腿的动作显得用力、稚气。

他们经过一个住宅小区。紧靠马路的绿化带里，有人正在施洒除虫剂，一股刺鼻的味道漫散在空气中。溶剂形成的细雾越过隔离栏，悄声飘落在两个人身后红绿相间的人行道地砖表面，有几滴沾上了女孩的头发，但她没有觉察。她的目光正落向绿化带里的珊瑚树。笔直的枝干上斜探出的密集叶片因为那些水的作用，显得翠绿、油亮；但看久了就发现：那种绿油油，并不是因为水，甚至也和此刻的阳光无关，而是叶片本身的光泽。

有可看之物：这一点使女孩觉得舒适。但那面珊瑚树形成的绿墙很快过去了。男孩，男孩依旧在前面走着，低着头，和身后女孩的距离没有缩短也没有拉开；他的步子依旧既笃定又漫不经心。

男孩回头的时刻出其不意。女孩脸上受了惊扰的尴尬和短暂的呆滞完全暴露在他的目光下。先找，找好了再去吃饭，男孩说。她点点头表示默认。为了舒展脸上绷起来的肌肉，她又朝他笑了笑。

猩红、厚实的地毯，踏上去，声音被牢牢扣入地面深处，就像风干的泥巴，没有任何可能溢出鞋底边缘的部分。从迈出电梯门开始这地毯就以醒目的红色铺满了脚下的平面，没有漏掉任何一个角落，因而每一步都逃不出这红色。他在前面，边走边核对门卡上的数字，她照例稍稍落后。这细长、封闭的走廊令她想起一款侦探游戏里类似的场景，类似的，还有这些沿走廊对称、互相紧闭着的一扇又一扇门。必须在规定的时间里找出足够多的钥匙打开门以使线索汇聚，指向谜底。但，别，别发生，在这儿，此刻。她看见自己的脸没来得及躲开某扇突然开启的门内涌出的质地不同的灯光，那张脸上跳跃着掩盖不住的慌张和过分的年轻。意识到这一点后，她加快速度，赶上了他。随后他们停在一扇靠近走廊尽头的门前。同样地，这扇门没有任何特征，除了门上的数字末尾稍有区别。

床托着她，背部微陷，就像置身于水波上方的软木救生圈。带着奇特的暖意，床这样托着她。灯关着，她醒过来。天花板看不出确切的高度，但离得挺远。黑暗模糊了房内的摆设，那些家具的轮廓仿佛正在溶化，正在扩大着水域的边缘。在短暂的幻觉中，她正随着床慢慢漂移，幅度极小，不集中注意力几乎觉察不出。窗外的马达声、鸣笛声像气泡一样从舷窗底部冒上来。

空调机吹出的一小股冷风钻入她皮肤与床单之间的空隙，掠过她的汗毛。静止了很久后，她动了动脖子，以便枕头的皱褶更贴合后颈的弧度，随后又拢了拢腿。后一个动作花了点时间，因为她本来不想动，也动不了。她把离自己近些的那只脚蜷进另一条腿折起的膝窝。又过了很久，她抽出脖子底下枕着的他的胳膊。

　　他在熟睡中抽回手臂，掉转身，呼吸平稳如一。他脊背的线条从她目光背后浮出，投映在天花板和床之间凝固的黑暗中——两块瘦削的肩胛骨尖耸着。几个光点在轮廓线上残留得稍久些，很快也消失了。

　　黑暗像幕布，重新落在他和她之间。

　　一簇火焰腾起，扩大。火焰外围的一小块空间随之显现出来：墙壁围起方桌，本色为乳白色的灯罩像个硕大的水泡悬在上空。毛毛的黄光笼罩在物体表面，投下宽阔、扁平的阴影。火焰的颜色很淡，顶端荡开几股岔，不时地又聚拢成一股，竭力向上方的暗处伸延，仿佛被什么牵引着微微晃动。裹在火苗里的烛芯微微蜷曲着，交缠的棉线末端是密密的橙色。火焰底部呈冰蓝色。

　　她看见自己坐在亮处——大概已经坐了很久——，正凝视着烛泪在靠近火焰底部的凹陷处汇集，溢出，又渐渐冷却。她将滴垂下来后变为固体的烛泪从蜡烛的柱身上剥离，放到靠近火焰的近处。手的动作使火焰明显地晃动了一下，又稳下来。挨近烛光外缘的烛泪再次融化，变软，成为火焰的一部分。

　　蜡烛洁白，笔直地立在她面前的桌上。烛身上半部分的白，因为被火光笼住的缘故，看起来像玉石一般透明，莹润。

　　除了这蜡烛外，四周没有任何其他照明物。团状的黑暗在外围结聚，空间由光亮赋予。

　　在停电的夜晚，通常是夏天，蜡烛被取出。火柴点燃，凑近烛芯，火光腾起。她的身体此时沉浸在黑暗里，只有脸是亮的。或许她还拔了一根头发放在火上，看它触电一样地被烫着，向后扭缩，发出"刺刺"的细响，和一种焦汩汩的味道。

平日里蜡烛都放在哪儿呢？她不禁想。屋子并不大，她的目光在其中游移，自由地穿梭，顺着每一道细缝，每一方地砖攀缘，最后触碰到那扇虚掩的门。她轻易地穿过了它，甚至听到门轴徐徐转动时哑马般的嘶鸣声。门后是厨房。靠门的一侧，墙壁向内拱成一个长方体，一个暗褐色的壁橱填充了墙壁承让出的空间。

壁橱，暗褐色。由上而下依次是碗橱、抽屉、储物柜。她的目光，替代了手，在黑暗中向它靠近——耐心、舒缓——布满裂缝、污斑和油渍的每个局部随着视线的触碰——清晰呈现，停顿，放大，仿佛是她的目光自动生成了对象。她闻到由尘埃和油腻主宰的气味正搅动着空气。

那是日复一日的吸纳形成的味道。此刻，在一切终止了之后，在她的回忆中，释放。

鼓胀的黑暗使碗橱门饱满地撑开，仿佛有东西即将溢出。她打开橱门——把手黏糊、磨损——，看见碗碟边缘闪着虚弱的白光，层层叠摞着。她想象最后一次清洗过后的水停留在碗底，像薄薄一层打磨过的银币，等待着缓慢得仿佛不会再发生的蒸发。铜制器皿让人想起那些午间或傍晚的撞击声，忙乱、单纯的时刻。现在它们安静地、长久地倒扣在搁板上了，没有人会再来摆弄它们了。最上面一层还有半袋风干的挂面、一包尚未开封的调料粉。布满擦痕的长柄银勺正努力放出模糊的光。

抽屉被打开时，封存在内部的气味一下涌了出来，混合在一起，赋予抽屉里的物品各自的名称：面粉，蜡烛，火柴，受潮的或风干的木材，塑料制品，一盒蜡烛。对，一盒拆启的白蜡烛，剩余的一些一根挨一根平躺在抽屉底部，崭新、洁净。她找到了它们，在抽屉的尽头处。它们在这里。还有火柴，挨着蜡烛盒，在擀面棒的右边。她点燃蜡烛。她想象自己点燃了蜡烛——顺着光亮的移动，更多的物品逐一浮现：一把带钥匙的小锁……长条形的针线板（缝纫机的嘎嘎声和黑底金丝的蝴蝶商标）……一袋散开的面粉（冬天早晨，她布满裂痕的手正握着擀面棒，在粉末里揉搓，摊制金黄的面饼）……漏勺……一对筷子……药片……两颗纽扣一红一白（窗台上的荷叶边裙）……甚至她的靛蓝色围裙……一个微型家庭，一个真正的家庭。她抚摸它们，目光变矮。站在抽屉前，踮起脚尖，抚摸这些最初的构成物和参与者。在黑暗中，她想象自己点燃了蜡烛。

2006.3—2006.5

中等火焰

叶蓉用毛巾把洗干净的碗碟一个个擦干,放进橱柜。在她面前的墙上有一扇窗,修剪得整整齐齐的冬青树丛被窗框截断,路灯从看不见的地方将微弱的黄光投向她面前的一片草坪。这一整天叶蓉都待在屋里。她的身后没有半点声响,工作台上散着学生的作业,晚饭还没开始准备。往常,叶蓉会马上蹦起来,静悄悄然而失心疯似的开始忙碌起来——这常常让她想起已过世的母亲在黄昏的屋里的形象,或者时间在监狱里循环的方式。她的孩子在楼上睡着,丈夫不回来吃晚饭。叶蓉在厨房门口站了一会儿,直到听见鸟叫声才抬起头。这种大个子的黑鸟常常在秋天光临这片小区。它们的叫声仿佛来过去,像某种提示。叶蓉站在渐渐加浓的黑暗里,开始用一个窃贼的目光打量包围她的屋子,像是准备从这里面捞出点儿什么来。

她从壁橱里翻出半包受潮了的香烟,点上一根,快步走入院子。一个被激情衔起的女人像鹰嘴里的一条鱼。那张空空的躺椅接纳了她。出于习惯,她拿了本书,把它搁在自己平坦的肚子上,随后便直愣愣地注视着天空中的一点。

在天黑之前，她的手指头根本没碰书。傍晚淡紫色的光线温柔地抚慰着她有点畏光的眼睛。大约十年前，在更为年轻的年纪上，她整天价地活在这种没有界限的温柔里，现在看来，像发了一场持久的热病。叶蓉听见轮胎刮擦地面的声音，一辆蓝色的积架拐了个弯，被草坪尽头的车库吞入，隔壁的苏珊娜从檐篷的阴影下走了出来，朝她挥了挥手。苏珊娜婚前的姓来自东海岸。她是一个温柔的美国女人，尤其是对她的前钢琴家丈夫，史蒂夫。叶蓉时不时会想起史蒂夫家那架沉默的钢琴。她从没见过史蒂夫弹奏它。他躲避它。但有一天苏珊娜把客厅里最显眼的位置让给了它。苏珊娜每天都擦拭它。自那时起，这架钢琴像一个返老还童的人，现在几乎是全新的了。调音师是史蒂夫以前的朋友，他像个巫师般定期造访，打扫这个祭坛。修整好钢琴后史蒂夫和他在院子里喝上几罐啤酒。这是个残酷的女人，叶蓉想，她或许相信过她丈夫的才华，如今她却在报复他，用钢琴慢慢杀死自己的丈夫。史蒂夫为什么不砸了它？叶蓉感到一阵愤怒。在那反光的琴身上她看见的似乎是自己的脸。

此刻她的眉头皱起，嘴唇抿紧。她看不见这些，她只能看见书在自己的肚皮上一起一伏。她是个动作缓慢的高个子女人，见过她的人在第一面往往判断不出她的年龄和职业。她是个作家，一个跟自己的生活关系紧张的作家，这不奇怪，这得怪罪于那场年轻时候的病。从某一刻起——也许比她和丈夫搬来美国更早，那场热病悄悄退却了；这件事的后果就是，她感到自己和世界被拆开了，再也找不到自己恰当的位置。有一年春天，她翻开当年的那几个大本子，神奇地发现当时的每一句话既是胡话，又是真话。这是不是可能她还不完全确定；但她知道，现在的她是绝对写不出那样的句子来的。

夜色正在沁入她的身体，她熟悉这样的时刻，年轻时她和朋友们常常在这种光线里交谈，当时这个世纪才刚刚开始，叶蓉和朋友们的脚尖刚好擦到地面，于是他们激动地感到，自己和这个时代一样年轻、发光。叶蓉现在明白，这种恰逢其时的感觉并不真的因为他们青春的峰顶和时代的上升期激动人心地彼此吻合——后来他们不也没成为代表时代的天才嘛，而很可能出自年轻人对生活保有的全息技术般的感受力，在这种统摄一切的感受力中，就像在音乐中，他们自己，连同一整个时代都被感受本身抬升了起来。当时这个国家骑在它叫不出名字的坐骑上已经有一段时间了，但讨人喜欢的新发明和超出人们想象力的社会丑闻穿过人们生活的速度仍然不见减小。说清楚"正在发生着什么"会遇到的困难从来没像当代这么多——人们深信这一点，也许只是出于人们想要赋予他们自己所在的时代某种独特性的天真愿望罢了，这有点像如今的女人宁可和一个坏得有特色的男人保持情人关系，也不愿嫁给一个老实人；这和当初的地心说有同样的气味，这气味有点像狗尿，一个人用它来巩固自己的存在感并标明地盘，只不过几百年来这一方式从绘制宇宙的坐标系急遽缩小到了情爱斗兽场。所以，尽管谈不清楚，人们还是忍不住谈它，谈这个时代，反正人们开口谈任何一个问题时，最后都会归结于某种"时代问题"。可我们的时代究竟怎么了？对它好还是坏的评价隔几个月就浮现在报纸、杂志的某个版面，人们纷纷同意这个时代既坏又好——这等于什么都没说，因为一个时代是好是坏这根本连个问题都算不上。于是，对于整体上正在发生什么，人们总结为一个词："拎勿清"。在上海，人们就是这么在饭桌上低声谈论隔壁那个老婆出了轨，只有他还蒙在鼓里的男人的。

然而人们多少预感到什么正在来临，他们不愿意在这种状况下按兵不动，怀着既发毛又发烫的心绪，他们从北到南从西往东开始行动，这让人觉得，也许把人类放在黑洞洞的宇宙深处，人们也会在那里凿出一个煤矿或者堆出一个喜马拉雅来——人类不正是那种总要发光发热的物种吗。叶蓉和她最好的朋友，就喊她阿 A 吧，当初也是滚烫的。她俩在世纪初的头几年里还没听说过对方，作为一位年轻写作者和另一位同龄的艺术家，她们各自的声名还只流传在自己的朋友圈子中间。叶蓉和阿 A 当时各自属于一个文学圈子和一个视觉艺术圈子，类似的圈子当时在这个国家有几百个，普通人用"文艺青年"不加区分地称呼这些人，以便在什么时候一棍子将他们打死。在这个国家，过去每隔一段时间就会发生文艺和青年的结合，这种结合变幻出不同形式，偶尔还会受到步入晚年的政治家的喜爱和巧妙运用，就像地球上其他地方也总是发生类似的事；而如今，它被如火如荼流动着的金钱所喜爱。

当时这些年轻人也都想弄出点动静来——就像睡多了之后感到精力充沛的人想要起床，这是每个人自然而然会做的事嘛。相似的愿望和行动不用多久就会碰见彼此——一小群文学青年当时所做的就是将他们的小说、诗歌、评论放到了同一个论坛上。当他们第一次一起出现在公共场合并且同时做这一件事时，这看上去像一个小规模的星空爆炸。

在时代的火车上，这些年轻人聚到了同一节车厢，他们在里面点篝火、发表演说、辟谷或者摔跤——几个体格强壮的文学男青年边强调体格决定文学寿命，边朝对方脸上挥了一拳；三四个文学女青年一起在车厢衔接处兴奋地点上了人生中第一根烟，她们中的一个变了个戏法，让她们像几朵云那样，端坐在车厢底层男性粗糙的呼吸声的上空。

一颗星星和另一颗星星之间的不同不妨碍他们迅速、松散地聚拢成一整片星云。叶蓉在几年后才看到他们的作品，这时候他们已经变冷、各自重新开始旋转。但在叶蓉发着热病的眼里，他们个个像最亲密的情人一样讨她喜欢。叶蓉这时候也开始写小说，很难说这是出自文学上的自觉。很快，考虑到艺术必须具备的社会影响力，一位主动承担起照看这群年轻人才华的责任的文学中年男人开始考虑拓展其他业务，简单地说，就是打扮一下这个松散的小团体，然后把它带到一个潜在的赞助人跟前。转眼之间，亮度在这整个事情的操作中变得均匀，随后到来的是漫长而无变化的中午，因为办好这件事只需要一种中等光亮而不是创作的热焰，这样更多的人在接触这些年轻人的时候才不至于被他们的光亮刺伤眼睛转而厌恶他们。这些年轻人有一天站在赞助人面前了。由于被家长套上了得体的衣服，他们突然开始扭动起身体，对着这位穿着改良中山装、抽着大烟斗的优雅的赞助人，做了个鬼脸，转身跑开了。

家长和赞助人都很委屈。可在叶蓉的眼里——后来她的丈夫把她的反应称为"幼稚病"——任何一个团体一旦多于三个人并且拥有了一个共同的理念、目标，也就是说，一旦开始变得像一个组织、公司，只需要开头的几毫秒，事情便迅速发生了变化。叶蓉做出了脱离的动作。她成了留学生，在一个冷门学科里一待三年。作为发起人之一，阿A和她的那个视觉艺术圈子的关系也在不久之后松动了。她同样一脚踏进了叶蓉所在的学科；这是她们认识的由来——但她俩都相信：彼此长久的友谊仍然是关于艺术的。

现在回想起来，当时如果真的有什么从那几年的写作中诞生出来，叶蓉可能也分辨不出那是创作还是别的什么。而当她能够认出的那一天，她会不会就什么也不做了？这不仅仅是才华问题。而一旦视野滑出当代，她不由得追问：什么是人们所声言的新东西？它是不是被创造之外的另一些东西所定义并且一向如此？叶蓉看见自己摇了摇头——既无法肯定也无法否定。她发现自己重新站到了某个起点。她无法说出从那个起点到这个起点之间，一些问题仍然无解是不是由于衰老—— 一种意志力和精神强度的衰退——不，她拒绝这个念头。她的生活向前挪动、跳跃，她写书，出版，大声朗诵或讨论自己和别人的作品，她的生活被各种内容和意义不断填充，她对一些问题的解答也发生了重大的变化。但在另一些时刻，少数的时刻，她发现自己并未走多远。叶蓉看见了被称作"过去"的那个东西所在的位置：一块浓雾背后的大石头，布满身体四周。以为自己走了很远但难道不是因为认不出这块石头？她再次愤懑起来——而完全衰老的人是没有这种力气的。

她有时怀念那场热病，那种强度饱满的精神热焰，它和最明澈的思考一样偶然而罕见。大多数时候，人们不就生活在这两种情境中间吗？好像哪里真的能够勾兑出一种情感和理性的配比，随后它像一种室内装修风格一样被推销给了大部分现代人，在他们头顶盖上一个高度和亮度适中、模拟真正天空的穹顶。叶蓉觉得，她和阿A的共鸣是由于她们品尝过真正的雨水，从那个亮晶晶的天空落在她们的额头，烧起了一小团看不见的火焰。这便是过去真正发生了的事。

这个念头像海面上日落的最后一道光线一样，在叶蓉的脑海中跳了一下。一瞬间里它似乎真实无比，但它同样很快无迹可寻，似乎不曾存在过。在叶蓉的外面，夜晚真的来临了。她陷入疲累，几乎无法再做进一步的思考。她像个反抗睡眠的人那样，在此刻遇到了最大的困难——如何保持清醒直到那些问题在她活着的时日里获得一个真正令人满意的答案。

2008

醉仙游

墙壁们藏起眼睛，开始慢慢退后，像一个发酵中的面包，从已经落到小烟宝鼻尖上方的位置向外膨胀，重新撑开天花板上的四个角。小烟宝在黑暗中醒过来，一切似乎随之启动：屋外响起一种"沙沙沙，沙沙沙"的声音，像铅雨摩擦着土地。小烟宝听了一会儿，依稀听到更远，也更深的地方又有一种"突突突，突突突……"的声音，好像一辆年迈的摩托车，在某个地方做着离去的梦。屋外的鬼日渐消瘦，胳膊已经可以伸进漏缝的窗栏了。小烟宝记得鬼初来时，有房子那么高，轻轻一跨就翻过了院墙，头夹在剪纸般的树影之间（也许没有头，当它掠过窗户的时候，小烟宝依次瞥见过它的腿、掌心，甚至脖子，但从没见过脑袋或者像脑袋的任何东西）。风一吹过，鬼就散发出轻微的汽油味道。最近，这味道越来越淡，"有什么快要发生了。"小烟宝想。台灯光打开了一道门，另一道同时合上，一切恢复了原样：红色的灯芯绒窗帘，尾部垂在布满一团团灰尘的木头地板上，两只灰绿格子的拖鞋挨在一起，怕冷似的……以及其他零碎的、不成块的颜色。小烟宝躺着，看了一会儿面前似是而非的景象，知道自己这是醒了。扭头看见灯座底下压着一大张白纸——"去看湖"，三个青绿色的字落在正中央，小小的，疏疏地排开，像写在天上。

小烟宝从床上爬起来。二手市场上淘来的棕绷床，揭开床垫子可以看到暗褐色的网纹，缠在一起的东西像是塑料，或者尼龙——反正都是人造的，很难想象它们是从土里长出来的树上的一部分。那种叫棕榈的树，长着剪刀手似的叶片。

床正中间的一整块已经松塌了。早上醒过来，小烟宝总发现他和美芽两个人滚到了床中央，有时候背或者肩膀把他们彼此撑开；侧向同一面时，美芽的手总搭在小烟宝的腰间，或者屁股上，时不时地摩挲几个来回，边咕咕噜噜地嘟囔着。每每这时，小烟宝总觉得美芽像一艘滑溜溜又有点黏湿的皮划艇，躺在床上，不禁从心底嫌恶起这个母亲来，拱回自己那一边，用手扒住床沿，这才继续睡。

从黑暗中走过的时候，鬼的念头不小心又从小烟宝的脑子里升了起来，不但甩不掉，而且很快就招来了鬼。鬼轻飘飘的（它已经变得那么瘦），悬在小烟宝的头顶，把手从冰凉的袖子里慢慢取出来。在它的一端碰上小烟宝的皮肤之前，灯开了。并没有什么东西趁着他看不见悄悄移动位置，哑绿色的冰箱依旧被铁链绑在窗前，一股新到达的电流让它兴奋地醒了过来，又一次地，尝试着挣脱。小烟宝绕到冰箱面前，拉开柜门，从它的肚子深处取出两盒糯米糕，一盒放到窗前。喂胖了鬼，它就进不来了。小烟宝吃着另一盒糯米糕边想："是哪里的湖呢？"现在天还没亮，不知道美芽是什么时候走的。

美芽摸黑扶了扶新烫的头发，走出门去。雾起得很大，把天压低了，像一个球形帘幕，路边建筑物的边缘被稀释了，向外放出的灯光又被雾挡回去，黄黄的、静止的一团团，悬挂在半空中。美芽在这个封闭的球的底部向前走，球跟着她慢慢往前滚，一些人从另外的方向走来，在雾中，他们的身体像边移动边组合起来的似的。路边的楼房变成海上的岛。拉面馆外站着两个老头，一左一右，一个穿靛蓝棉袄土灰裤子，戴土灰色皮帽，右手下方连着一把长柄黑雨伞；另一个是土灰棉袄靛蓝裤子，戴靛蓝棉帽。两个人手牵手，几步一停地朝前走。美芽超过了他们，却不敢回头去瞧一眼。垃圾箱旁躺着一只被车碾扁了的死老鼠，两只猫在旁边看。这时又走过去一只猫，三只猫的后脑勺靠在一起，像在窃窃私语。美芽没有停留，从雾中穿过去。

　　太阳从雾里面出来，一边走一边脱下雾，最后停在小饭馆临街的水族箱玻璃上。几十尾金鱼在光里游——金红色，水红色，灰色。看起来真温暖，美芽想。不知道鱼自己怎么想。一些大大小小的海绵马趁着雾气爬上了树，这会儿正伏在街道两侧的树梢上，眼看越缩越小，最后一缕水汽从马尾巴尖上跃入空中，街边顿时腾起了一簇簇透明的火焰。

　　看了一会儿街景，美芽发现十几分钟前点的茄汁牛柳还没到，便站起来，从铺着蓝白格子布的方桌之间挤出去，中途裙摆扫翻了一位先生的银色鼻烟壶，"咯嗒"一声掉到了地上，顷刻碎成了一摊粉末。美芽心里一紧，抬眼望了望那位先生——他对刚才的事故毫无觉察，只顾一动不动地看着对面一位戴低檐阔边帽的女性，也许是看得太久的缘故，似乎整个人都凝固起来了，脸部五官的边缘慢慢往里陷进去，双唇结合的地方也粘连了起来（一时大概无法再开启）。脚步在桌旁顿了顿，等记起了自己点的茄汁牛柳，美芽才又继续朝角落里的厨房走去。厨房是敞开式的，绕着门框围了一圈蛋形马赛克，一丛丛橙色的火光从门内向外冒，像藏着一个有夕阳的黄昏。

门内是一条狭长形的走廊，两个戴白帽、肥硕的厨师一左一右靠在墙上——差不多占据了整个走廊的宽度，两人似乎正看着前方的什么东西，背影显得十分专注。旁边，水池里泡着几个肿胀的茄子和一些不停蹦跶的虾。橙色的光从两个厨师之间挤出来，势头已经减弱了许多，软绵绵摊在地上。美芽往前走几步，目光刚好架在两个肩膀的凹处——

走廊顶头竖着一堵墙，那团橙色的火从墙中央的一个方眼里迸出来，火光里似乎有一些暗影在四处移动，美芽盯着看了一会儿（犹如盯着夜晚月球上的环形山），辨认出一些白色的人形。这时，火光和那些暗影一起骤地缩进了墙里，墙上出现两个戴白帽子的男人的脸，美芽的脸，往后是用餐区靠墙的一列桌子，四面围坐着几个塑胶的人形模特。这些消失之后，镜中显出一个马戏团，刚才那朵橙色的余焰退到了两面猩红色的帷幕背后，继而两头大象从火焰消失的地方跑上了场，紧跟在后面的是一位穿白色紧身衣的小男孩。他走到场边——镜子顿时被他的整张脸占据了：一张酷似小烟宝的脸，嘟起的上嘴唇，右眼睑下的褐色雀斑——，朝观众鞠了一躬后，翻身上了象背。

紧身衣男孩从一段悬梯的尾部灵巧地向上爬去，手脚并用，很快消失在了黑暗的高处。几秒之后，他再次出现在镜子里，站在紧挨马戏团顶篷的跳台上，对着场下抛了个夸张的飞吻——美芽这时候几乎确定那个男孩就是小烟宝了，因此对他这个带取悦味道的动作感到有点儿不自在。在一阵密集的鼓声和炫目的灯光中，男孩纵身跳下，被地上的弹床抛起十米左右的样子，在空中不停做着利索的前空翻后空翻旋转空翻，还抽空冲着观众扮鬼脸。几个回合的表演中，男孩始终像片羽毛一样轻盈、自在。"他什么时候学会这些的呢？……他真高兴，像个明星。"一阵莫名的沮丧袭向美芽。镜子里，兔女郎们顺着四条象腿涌上象背，把紧身衣男孩包裹在了一片柔软的粉色胸脯中。

"看，湖结冰了。"男孩扭头转向身旁的女孩说。后座的小烟宝扭过头去，车窗外，一面青灰色的湖躺在同样颜色的天空底下，冰层破碎处，依然看得见粼粼的水流。但也可能是阳光。小烟宝跳下了车。

小烟宝在湖边走走停停，拣了块小石子往冰上掷过去。石子在冰面上滚了几滚，停住了。湖很大，很安静，安静得结冰了。对着这安静小烟宝有点心里发虚，把小石子攥在手里，不敢再扔。再看了一会儿，小烟宝觉得这个湖原本大概不是湖，而是个到处乱走的家伙，被谁施了咒，变成了一面湖。一些房屋错落在湖四周的山腰上，森白的风干的木头，像是藏在山底下的某头史前动物露出来的骨骼。小烟宝看见不远处有一排小巧的蓝色屋顶，还有一个红白相间的吊塔。他朝着那个方向走去。

咯吱咯吱咯吱吱吱……路途走到一半的时候，小烟宝身后突然传来一阵声响，并不是由弱及强地渐渐靠近，而是一下子冒出来的，但也有可能声音开始出现的时候小烟宝没有留意——他把脑袋往后转过去，长满枯草的小路上出现了两个小孩，穿着一模一样的鹅黄色连帽外套和草绿色灯芯绒裤子，蹬着两部一模一样的儿童车，咯吱咯吱咯吱。等他们挨近小烟宝脚边时，小烟宝发现，他们长得也是一模一样。两个人同时朝着小烟宝仰起脸，左边那个开口道："你去哪儿？"他们的脸蛋长得十分好看，一份好看还不够，扩大了一倍，让人心旷神怡。小烟宝光顾着看他们，左右左右，甚至有些目瞪口呆，所以并没有把这句话听进去。右边的那个又问了一遍，小烟宝这才回答："那里。"边指了指前面蓝色屋顶的地方。"哦。"两个人像明白了什么似的拖长了声调，同时说。他们的前车篓里堆满了明黄和土褐色的落叶，有几张被风卷起吹到了路边。"这些是你们收集的吗？"小烟宝问。"我们走啦。刚才看到你在这儿才过来的。"见他们没有回答，小烟宝又朝车篓里望了一眼，这会儿里面堆满的全变成了眼珠，大大小小，颜色不一。"我们走啦。"两个人又说了一遍，用脚撑着地面，一点一点地把儿童车往后倒。于是小烟宝也掉转头去继续向前走。咯吱咯吱的声音一下子又不见了——小烟宝飞快地把身体朝后方重新转过去，见那两个小孩骑着车往路那一头过去了，因为是下坡，他们离开得很快，两顶帽子被风兜着，平举在空中，一颤一颤的。小烟宝闭起眼睛，发现再想不起他们的脸来。睁开眼时瞥见路边的枯草中有什么东西在阳光下星星点点发着光，小烟宝走了几步低下头去，见是刚才车篓里的眼珠，便拣了一颗浅紫色的拿在手里转来转去，虹膜里的瞳孔懒洋洋地眯成了一道细缝。

再往前走，路渐渐宽阔起来，刚才的田野消失了，能抓住目光的只有空中的吊塔：它显得越来越大，大概有小烟宝学校教学楼的两层那么高，右侧连着一截铁梯，延伸到吊塔的中部，铁梯结束的地方有一个瞭望台一样的突起，像个僵硬的喙。这时空中响起一阵铃声，似乎来自云层上空，小烟宝不禁停下脚步抬起头来。然而天空空无一物，连朵云也没有，漠然地和小烟宝对视着。铃声持续着，被一股看不见的电流推向各处，像水一样均匀，毫无变化。小烟宝推测着它可能持续的长度，然而这件事似乎很困难，而且他心里渐渐生出一种担心，怕铃声随时可能结束。正这么想着，铃声被掐灭了。小烟宝叹了一口气，继续走了起来，直到看见了盖蓝色屋顶的一排房屋。一道大门竖立在小烟宝和那排房屋之间。

美芽从卖鱼人的手里接过盛满水的透明塑料袋，举到眼前。两尾鲤鱼幼仔随着水波在阳光中悠闲地摇曳着，薄薄的嘴巴上下开合，毫不理会美芽的目光，对水中的同伴同样浑然不知——仿佛世界只是水中自己的影子。美芽着迷地看了许久，情不自禁地学着它们，嘴巴也一开一合起来。"这些是鱼饵。"卖鱼人的声音在旁边响起，美芽回过神来，有点不好意思地点了点头，又问："怎么喂？""都写在瓶子上呢，喏。"卖鱼人斜叼着烟，从美芽手里取回瓶子，转了转瓶身，让她看上面的说明文字。"哦，好。"其实也没仔细看。又在摊子前站了一会儿，再没什么可说的——"再见。"

"再见。"小烟宝又望了一眼池中的仙鹤，拐弯走开。那眼喷泉已经干了，灰白色的水泥池底露了出来，风干了的苔藓一粒粒粘在池壁上。池中央的假山上站着一些假仙鹤，笔杆似的腿插进石头里，做出振翅欲飞的姿势。

走上一座拱桥，来到之前看到的蓝顶屋子跟前。每间屋子都带一道铁门，却没有窗，只在靠近屋顶的地方凿开一排小小的透气孔。小烟宝从第一间开始往前走，每到一扇铁门跟前就摇一摇它们，制造出一些喀啷喀啷的响声。就这样走了一大半，发现每一间都锁得牢牢的。越这样，小烟宝越是奋勇地去推那些门；到了倒数第三四间的时候，门开了，小烟宝没料想到——过去的那段时间以来他一心只想着推那一扇扇的门——，趔趄了一下，跌进了门背后的黑暗中。

门在背后合上，缓过神后，小烟宝闻到空气中有一股味道，同时，在他眼前浮出一幅画面：他坐在房间的地板上，拆开美芽给他买的一个绛红色八音盒，从里面取出一个布满小毛刺的齿轮……上紧齿轮旁边的发条后，叮叮咚咚的音乐使夏天黏稠的空气震颤起来。小烟宝用鼻子吸入了更多这样的空气，试着往前走，眨眨眼看那黑暗里面藏着什么。有那么几秒，当天早晨醒来之后的情景闪现了出来，就像一页书戳破了，之前那一页上露出了几个字，小爪子似的揪住了他。左右望去差不多都是黑乎乎的一块块，一层叠一层，目光使劲往里探进去也毫无变化，真泄气。高处的透气孔里漫进来一些屋外的光，没跑多远就被黑暗结实的盾牌挡住，轻飘飘的、没有着落的一小朵挂在那儿。几乎是一瞬间，这一小朵的光亮消失了，融解在了更多的新的光之中，从不远处的天花板向小烟宝的头顶滚过来，就像一卷倒挂的光毯从墙角那头摊了过来，原本卷在毯子皱褶里的景象沿着天花板纷纷往地面落，撑起来，直到整个儿立在小烟宝眼前：在围起空间的四堵墙之间搁满了一模一样的几十张小方桌，上面落满了木屑，木屑之央立着一台台银灰色的缝纫机（仿佛用来制造这里的寂静）和同样颜色的物件，在最靠近小烟宝的桌面上依次放着一把剪刀、小链子、黑色的皮革，和几颗纽扣、几块布。小烟宝沿着桌子之间的通道往前走，看见左侧的一张桌子上趴着一对木质的翅膀模样的东西。小烟宝把它拿起来，一条细细的链子把两片薄木片连在一起，链子的另一面上粘着两条黑的皮带子，末端各钉一对纽扣。木片上有一些羽毛似的纹路。小烟宝把木头翅膀移到背后，用皮带子扣在两边的肩膀上，大小正合适。他在车间里走了一圈，再没发现什么，从之前的铁门走了出去。

　　阳光和一下子重新广阔起来的空间让小烟宝晕眩了几秒。外面的景色和之前相比没有什么改变，依然没有云，只是天空中的那轮落日更斜，更大，阳光里的红和黄渐渐增浓，屋顶的蓝暗了下去，前方红白相间的吊塔却更鲜明了。绕过一个花坛之后，吊塔底部毫无遮挡地整个露出在了地面上，小烟宝像只猫一样踩着附在塔身上的铁梯向上爬去，不一会儿便来到了那个凸出的平台上。从这里往刚才走来的方向望去，只见湖还独自躺在那儿，现在它是墨绿色的了，像个不知通向何处的大洞。这时一阵锯木的声音响了起来，响了一阵之后小烟宝才反应过来那是自己手机的铃声，屏幕上的小人头像不停闪动着，下面的名字显示是"美芽"——

"我买了两尾鲤鱼仔。"美芽站在一扇门前，从衣服侧面的口袋里掏出一串钥匙，拣了一条黄铜的插进门孔，喀一声打开门。一道斜影掠过躺在客厅地板上的一小块残余的夕阳。

"等它们长到很大时，就可以用绳系住尾巴放到窗外，这样，下雨或者天晴的时候它们就能飘起来了，只要它们愿意。"

"……唔。"

"你在哪儿？"

小烟宝想了一想，说："湖边。"一阵风呼地掠过听筒，美芽说了句什么，小烟宝没来得及听清。风势突然大了起来，背后的两扇木翅膀互相撞击着，发出"哼嗒哼嗒"的声音。小烟宝扶住平台边上的栏杆防止自己摔倒，边不得不把电话和那一头的"喂喂"声放进口袋里，来不及似的去抓栏杆的扶手，等这阵风渐渐过去。半路上出现过的铃声又响了起来，这一次，小烟宝听出它来自蓝色屋顶房屋前的工厂入口，于是往那里望过去，一群穿统一藏青色上衣的年轻女孩，正三三两两地跨过那道门，向这边涌来。

2007

悬巢

"如果鬼来了我就……"目耳翻了个身，哼哼两下，不动了。最后一个尾音离开她的身体，急促、迫切地插入空中又半途而废，像被拔掉电源的电视机里的方形怪兽，带着止不住向内缩去的吞咽声，消失了。我试着动了动手脚，发现它们已经松开了，抬头看见睡前用来绑住四肢的几截橡皮绳蜷缩着歪在被脚。空中布满了没来得及收拢因而化开的梦（根据它们溃散的形状，估计已经逃逸好一会儿了），大小各异的梦蕾随意飘浮在房间四处，有一部分沉到地上，化作了一摊摊扁平状的水疱，还有一些正在降落的，触碰到地面时接连发出"噗嗤噗嗤"表面破裂时的响声。一个颜色暗淡的梦蕾，长着小丑鱼的脑袋，朝着目耳的脸旁游去。目耳光溜溜的肩胛骨依然沉在睡眠中，一上一下抖动着；在雪白的脊椎两旁，她的内部，两片海绵质地的粉红色肺叶噗噗扇动着，她的肋骨在沉睡，她的沟回在沉睡，她的松果体在沉睡，她的鼻翼在沉睡中刮擦着空气，张得开开的——"刺溜！"那个梦蕾毫无困难地进入了她的呼吸道，经过气管附近时发出黏黏的被遏止的噩梦般的号声。

我直起身，扭了扭脖子，用竹竿挑开窗帘。外面下着雨。走下床（绕过水疱），把昨晚放在窗台上的纸人收回来——纸人已经被打湿了一大半，瑟瑟发抖，前额埋进臂弯里；一边合上移窗。移窗关到一半时卡住了，把另一只空闲的手扶上去一起使劲往右侧拉，突然从瞳仁里传出轻微的一声"刺！"——齿轮又毫无预兆地坏了：离上次在双头猫剧场看戏坏掉不足一个月，唉。我合上眼，再张开，合上，张开，视野里唯一清晰的还是只有院墙背后的车棚：一个穿粉绿雨衣、嘴里叼着一只瘪气球的人，走到车棚外时缩了缩脑袋——大概正好被落下的雨打到了脖子。可惜那个人很快不见了。我叹了口气，转过身来，这回看得清的就只有上任房客贴在衣橱顶上的海报了：一个骑着车的女童，握紧车把的手指骨节异常粗壮，脸上带着不咸不淡的表情笑，身下滚动中的车轱辘被海报蜷起来的一只角挡住了，不然的话我敢肯定，她早就骑着车穿墙而去啦。这当儿我对坏掉的瞳仁齿轮开始不耐烦起来，不耐烦得浑身直痒痒，最后不得不举起左手扇了自己一耳光——眼珠这才骨碌碌转了起来，停住时有点偏离了原先的位置，我伸手稍稍拨正了一下，一些新鲜的泪液沾湿了手指头。正举起手要往衣服上擦——"如果鬼来了我就、就！"稍后是床垫下的弹簧在目耳屁股底下发出的吱吱扭动的声音：她坐起来了。我又眨了几下眼，等眼珠彻底活络了，这才笑眯眯地转过脸去。

"C博士最新研发结果：酸梅粉有助于梦的生成。"停顿，"雪雪"的翻书声，"《关于江马的梦》。作者：叉叉叉——"

"江面回落得很快。和几分钟前女郎站立的位置相比，这里和江水挨得很近，虽然闻不到泥沙味，但还是能仅仅凭目力观测到浊黄色波浪摆动时的样子。女郎站的位置是一座临江居民楼的二楼，江水正往她脚下的方向回落，回落得很快，每一次下降都仿佛被凭空抽掉了厚厚的一层。"（"是嗖一下就下去的吗？"我问。）女郎蹬着鲜红的高跟鞋踩在水泥地面上，一动不动地望着面前的江水。一些鲜艳的衣服悬挂在她头顶的竹竿上，楼道里的光线因此被压得很暗，而将外面流动着的江水衬得愈加明亮了。一艘船出现在水面上，在她的左前方。船帮跟着下降的水面颠簸得厉害，左右摇晃着，绑在船舷上的马将巨大的脑袋冲着女郎的方向，在震动中发出一阵阵的嘶鸣声。女郎捂住眼睛，显得很痛苦……女郎再次睁开眼睛（画面同时也再次出现在我们面前）的时候，江水和船已经跌落得很远很远了（像一团越滚越远的暗黄色散毛线），只剩下那匹马的脑袋被缠在凌空的天线之间，瞪着圆眼睛看着女郎。我们向着背离女郎的方向越退越远，直到马看起来像一个锥形的灰白色风筝。"

"不好玩。"目耳中止了朗读，拍掉刚才几分钟内落到书上的灰尘。摊开的那页里，密密麻麻的文字旁画着一头扁平的马、一些黄黄的水，和一个扁平的女郎。在目耳合上那页书的瞬间，马跳到了女郎身边。我捂住嘴，抬头看看目耳，她一点都没发觉这件事，正站起身，把书（马和女郎）放回书架，又在相距四五厘米的地方取下一本封面有一块砧板那么大的书。

封面上有一个男人，穿着一件长长的看不出确切颜色的浴衣，没被遮住的地方露出两条肉红色的圆柱形胳膊和一个 V 字形的胸口。男人站在一个蓝莹莹的房间里，头上戴着一个雪白的兔子面具，两只支起的耳朵并排靠在一起像这样：00。兔头男人的后方有两粒灯泡，右侧有一堵墙，黄昏的光线透过画面之外的某扇窗把一个个明亮的方格和十字阴影映到这面墙上，有一个方格正好落在了兔脸上，那个光明的矩形把两只间距很远的兔眼包在了里面。"难道不该再添些什么吗？"我说。"我看看。"说着目耳扯下原本盖在书下方她的外套下摆，那儿露出一个小孩，正伸长胳膊扬起没有五官的脸搂住兔头男人的浴衣下摆——对称地，浴衣下方露出两条肉红色的圆柱形，底下连着一双同样看不出颜色的棉布拖鞋。"看看里面有什么。"目耳咂咂嘴，翻开书，兔头男人和那个蓝色的房间一齐被压向目耳的膝盖。

笼罩在淡蓝色天穹下的一个星期天（弧形的地平面，绿玛瑙似的丘陵），我和目耳把一张闲置很久的方桌搬到了花园里。目耳不小心踩上了最后一摊淌下台阶的水疱，顿时汁水四溅，化作一阵紫色的微型雨落下来。重又暴露在光线下让我们十分舒适，体形也不由得发生了微妙的变化：垫桌腿时，目耳上身没入了草丛，再站起来时她的腰凹成了一个锐角，一个不可思议的弧度——简直可以用一只普通型号的戒指箍起来；而整个人变成了 X 形。又过了一会儿，不知是不是由于被这场雨淋到的缘故，她的下半身开始向外透出发亮晶体一样的紫色，两条腿也渐渐消失了轮廓，粘连了起来（这回又像个Y），看上去像一株肉质丰厚的奇怪植物。她边"呼呼"乱笑边唤我过去帮忙，我在她的笑声中却眩晕起来，急急扯下自己和她的裤子，把她的脑袋按入我怀中，我们像两条螺旋藻般贴合着、追逐着，从花园跌向蹲守在屋内黑暗中的铁床。

午后，按几日前计划好的，两人出门去买桌布。空中盛放着平滑的光线，拢在网间的各种声音敲打着耳膜：藤条抽打被褥的声音，电钻"特特特"转动的声音，一把榔头被搁向地面时清脆的"格得"，还有不知什么鸟"夸夸夸"地叫个不停。远处的空地上，玩耍的孩子呼喊着彼此的名字，经过他们时看到为首的瘸腿男孩用红绳牵着一只蚂蚱在草丛间散步，后面两个女孩迈着小碎步，一个拿着塑料盒（里面有一小坨暗褐色的排泄物），另一个鬼鬼祟祟地朝着蚂蚱掷小石子，两人亦步亦趋地跟在男孩后面穿过秋千架——

等到小区附近一座废弃的水泥厂大门入口吞没这三个孩子的躯体（蚂蚱早已消失了踪影）时，我和目耳到达了一个叫作锦衣巷的地方。布料商场的入口是个咖啡色衣橱形状的窄门，门面上挂着一溜雨滴形状的塑料珠纱帘，当中垂下一轮圆，圆里写着个斗大的"布"字。从帘子间挑开一道缝，钻进去，待适应了室内的亮度后，发现我俩站在一个像忏悔室那样狭小而封闭、犹如火柴盒般的立方体底端，面前也并无任何可看的东西。"我记得上次在哪儿安着机关。"我说。摸索了一阵后我们发现左侧壁上有个悬空的抽屉，拉开，里面有个宝绿色的按钮。"是啊，我都快不记得了。"说着目耳按下了按钮，双脚与橱底间顿时生出一小截空白——幸好我们对此早有预感（或间歇性记忆），两人沉默着坠了几秒，在黑暗中我触碰到目耳的手臂，贴了上去。

挑好一块栗壳色的格子布，四处张望一番发现女摊主坐在柜台尽头的一堆边角料中央，头发上缠满花花绿绿的线头，正满头大汗地嗑着瓜子，双唇肿胀但不失灵巧，过一阵就见一片瓜子壳儿从那两片充血黏膜的缝隙间飞出，准确地落到双腿之间一只缺了釉的铝制饭盒里——眼看瓜子壳已经满得快溢出来了。多看几眼后，我越来越觉得她长得酷似我小学同桌的母亲，只不过两道眉毛中间多出来一颗暗红色的肉痣。我的同桌，小学六年近乎怪癖地每天在我书包里悄悄藏上两到三瓣核桃肉，发"秋 fen"时喜欢咧开嘴，会在肚皮里孵野鸭蛋，还是个船模制作高手。正寻思着要不要上前报出同桌的名字，谁知脱口而出的竟是："扯一米六，多少钱？""啊——"她的脸正对我静止了几秒，接着低下头去，撩过我手中的布匹看了看，"23。"说完屁股一抬，抽出压在身下的裙摆扇了扇风，又狠狠瞪了我一眼。我稍稍把头从柜台上缩回了一些（觉得莫明其妙），她目光并不移开，边从头到脚打量着我，边伸出右手手指使劲摁死一只趴在地面正作休息的飞虫，捻起虫尸，手臂平移到铝饭盒上方的空中，掸一下，抖落下飞虫的尸体，随即摸向身旁的一只牛皮包装袋，从中抓出一把瓜子扔进嘴里。我再不知说些什么好，幸亏目耳上完厕所回来了，我们并排站在柜台前装模作样地又讨论了一番，试图挑出一些这布的毛病好砍价，可女摊主根本不搭理我们，开始跟邻摊的人聊天。最后还是按她报的价买下了布。离开那个摊位的时候，我回头看了一眼，女摊主这会儿正埋头专注地剥着右脚上的肉色丝袜。趁她不注意，我抄下柜台上的几块绸布，塞进装栗壳色格子布的塑料袋底下，紧走几步跟上目耳，往店门方向去。

出门时看见软帽先生，原来他已经从蚰岛旅游回来了。不知是不是在那儿吹多了海风的缘故，他的肤色黑了不少，跟前一次见到他时相比，显得老了许多，人也似乎缩小了一圈。（保不准最后一夜他恰巧钻入了蚰岛上的某个岩洞，在时光的旋涡中不但又见到了软帽太太，扭曲的时空也加速了他的生命？）听莉阿说，自从软帽太太三个月前去世后，软帽先生就"有点神经兮兮的"——说到这儿莉阿压低了声音俯身靠近我，衣服下摆的蕾丝擦得我大腿根一阵痒痒——"你不知道，邻居还看见他养了一头光吃欧石楠的雌海豹，听说是他用来——啊哟我都不好意思说出口——是他呐，干那个的。"

在软帽先生的目光落到我们身上之前，我赶紧把莉阿的这些话头打上死结，一股脑儿封回肚子里，露出一个友善而又饱含同情心的笑容，向站在门口树荫底下的软帽先生用力挥了挥手。

当晚软帽先生接受我们的邀请来家中做客，为了避免气氛太过沉闷，我们（主要是目耳的主意）额外还邀请了莉阿和咪奥，她俩同住着城西的一套出租公寓，自高中开始就形影不离，如今两人都三十好几了都还单身着，对于镇上的各种大小组织、聚会等等倒是总有用不完的热情。

我和目耳也是在去年的明信片爱好者俱乐部舞会上认识她们的，而软帽太太当时也是这个俱乐部的创办人之一。"真是般配的一对小可人儿啊！"自那以后，几乎每次见面，在各种场合，咪奥都会如此假惺惺地赞叹一番，旋即伸出手揉搓一阵我面颊旁的碎发——虽说比她俩年纪差了不少，但这种对待智力低下小孩的态度却总叫我暗自生气。这回，大概是出于她俩也算是软帽先生旧友的考虑，目耳邀请了她们。

正在花园里悬挂彩色灯泡的时候，门外草地上掠过一阵皮鞋踩踏的嘎吱声，我跳下椅子跑去拉开门：软帽先生，带着拘谨的微笑弯腰点了点头，被请进花园后才发现他胸前的口袋里藏着个活物，正探出一颗白乎乎的脑袋神经质地四下扭动着，不时还扑腾两下，伴随着羽毛在口袋内侧刮擦的声音。没等我端详仔细，软帽先生揪住它的脖子递到我跟前："从蛐岛带回来的，给你们养着玩，嘿。"一对红色的蹼足落入我怀里，贴着手掌心的小心脏跳动得厉害，让我不由得一阵紧张。正寻思海鸥怎么会有这么大的脑袋——几乎是一只幼猫的脑袋大小了——，怀里发出一阵猪仔的啼叫声。"是猪鸥。"软帽先生边给从椅子上俯下身来的目耳点烟，边回头对我说。抱了一会儿后把猪鸥放到地上，它摇摆着走了几步，撒开翅膀趴在草丛里再不动了。

咪奥和莉阿进门的时候我正踩在坐便器上，揭开抽水马桶背后的水箱，从里面掏出一具两岁的珊瑚。水顺着拔高的珊瑚表面流走后，粉色的骨骼在日光灯管的照射下依旧波光粼粼，芽孢像通了电般嗞嗞作响。上回不小心掉进可乐浴缸里淹过之后，珊瑚底部蚀了个大洞，我低下头，把牙刷伸进洞中左右摇动了几下，抽出来时牙刷柄上粘着一只干瘪了的灰色虫眼。"看来没法吃了。"我把珊瑚重新搁回水中，盖上箱盖，一阵瓮声瓮气的水泡声被掩在门后。

返回花园时，软帽先生正在给其余几人讲述在蚰岛上时如何捕捉困在暗礁中的皮蛋鱼，看上去听众只有莉阿：目耳坐在咪奥的右边，不知什么时候换了胸前绣着棒球手套的新外衣，一只手搭在咪奥的肩膀上抚摸着她垂下的卷发，不知说着什么逗得咪奥哈哈直笑，插在她头发上的梅花扑克发坠也跟着晃个不停。我装作无动于衷，退到草丛里去找猪鸥，却只看见了几天前的那个梦蕾，紫色的壳半截埋在泥里。转身时差点撞上咪奥的脸——她什么时候悄无声息走到我背后的？"不拔点棋棋菜？待会儿我来做珊瑚虫汤。"她眨眨眼（我几乎要以为自己在厕所时被她窥见了），扭着腰走开了，牛仔裤屁股上耸着一个漆黑的棉花球皇冠。

棋棋菜放得过多，珊瑚虫硬得咬起来嘎嘣嘎嘣响。彩色灯泡受热太久，一个接一个地爆掉了。除了从天上偶尔飞过的寒鹤嘴里掉落到空中的菱形闪电，花园上空一片漆黑。软帽先生在我没注意的时候开始小声抽泣接着越来越难以自抑——要不是天黑我可真要为他难为情了；莉阿和咪奥这时倒挺体贴地一左一右陪着，在抽泣声的间隙中你一言我一语地安慰着，什么"小乖乖……人生苦短……"磨蹭了一会儿，我站起身来摸向目耳身边："昨天我梦到你不认……"——才鼓起勇气的倾诉被口腔里突然出现的一颗硬邦邦的异物堵住了，我不得不停下，一手揪住目耳防止她临时走开，一边用舌尖拨弄着那颗东西，舔了舔，让它滚动到舌尖，确认不是棋棋菜煮久后变成的棋子，"噗"一下吐到手心里摸了摸：石子？舌尖抵向牙床舔了舔，不想又一颗掉落了下来，这才明白过来是牙齿。没敢再舔暂时也不敢张口说话，咬紧（也不敢太紧）上下两排牙，就是这样也感觉得到牙床到处都在松动。我扯住目耳的衣袖摇了摇，指了指自己的嘴巴又想到她看不见我的动作，再摸向衣袖时手里握住的却是从袖口滑脱出的一截手臂。

聚会过后的日子三五成群穿墙而过，不分彼此仿佛水缸底下翻腾而起的小气泡，快到表面时又纷纷破裂。我把房间通通打扫了一遍，收集满两大捆掉落在各个角落的头发后便标上年月日，贮存在原来用来养七星瓢虫的玻璃瓶里。目耳成天耷拉着脑袋（在那上面，新的头发一根根杵着，远看像戴了一顶四角风帽），除了一个人对着镜子喃喃自语时的那几句，她的话越来越少。有一天在柜子里翻找着色剂时瞥见了从布料店女摊主那儿偷来的绸布，顺手搬到了花园的躺椅上。午间，目耳独自用罢午餐，对正追着越来越胖的猪鸥喂食的我说了句"冰箱里只剩菜花和米饭了"就去睡了。等她睡熟之后我悄悄走近被窝，她正缩成一团埋首一堆棉絮之间，从外部一时看不出脑袋在哪儿，只好从靠近床头那端开始，边慢慢移边侧耳搜寻她的呼吸声——根本没有呼吸声，心头一紧，手心轻轻贴向她——并不是没有可能：藏身棉絮中的是一头沉睡于塔顶或湖底的怪兽——的身体上，直到确定了缓慢而有节奏的起伏才放心下来。退到花园里，摊开那些发凉的绸布，灰的红的青紫的夜蓝的，拔下一撮最脆的草尖，开始一片片地缝合。等到长长的草绳把藤篮固定在底端时，目耳揉着眼睛睡意蒙眬地走出房间，我上前拉过她跨进藤篮，点火后热气球很快脱离了地面，到达居民楼二楼的高度后（一个男人正端着搪瓷盆穿过厨房，不久重新出现在客厅的窗格内），在一阵轻柔的小南风中，上升变快了。

沿着藤篮上方的豁口望向气球内部，鼓胀起来后像一个观众尚未入场的小马戏团表演场顶篷，在这个晴朗的傍晚，穿过绸布的夕光给顶篷下方的空间罩上了一层毛茸茸的酒红色。风景开阔又怡人，心情愉悦了不少，望向身旁的目耳，见她正安然地伏在篮框上，打量着脚下的风景。擅自替她做下决定的愧疚感便也消失了。沿着她视线的方向搜寻一番后发现了熟悉的花园，缩成了棋盘格子大小的一方块，渐渐淹没在火柴盒似的房屋之间，而一旦从高度上离开，就再也想象不出不久前置身地面时的感受了。脚下，脚下土地上的各种活动依然持续着，只不过看上去特别缓慢、渺小、不值一提。噢再见了小小的花园，再见了小小的软帽先生，再见小莉阿，再见小咪奥（你的珊瑚虫汤，你的一切）……时间垂直地流逝，后来，还能引起注意的就只有静止的山峦和河流，最后便只剩天空可看：云层像一座座线条圆润的山峦，底部浸没在金色的池塘中，顶端依旧是雪白的，阴影和高光部的交叠显得很有立体感，让我想起以前素描速成班里摆放的那些石膏模型，冰冷、坚硬的质感。这时耳朵捕捉到一丝啪啪啪啪的声音，起初像风吹拂远处的帆，最后响亮得就像头顶处有一台全新的直升机正奋力扇动着螺旋桨：抬眼看见一只网球拍大小的红色蹼足徐徐落到跟前，阴影兜住了整个藤篮，上部的身体看起来那么沉重、笨拙却轻巧地悬浮在空中，一边像竹蜻蜓那样不停地、自顾自地旋转……脖子之后出现了猪鸥的眼睛：大得像一面圆溜溜的玻璃窗户，漠然洞开着，眼睑如同幕布不时地落下，又撑起，鼓起一阵阵扑面的小风。悠悠然掠过我们之后，猪鸥仰起脑袋朝着空中的某个点越飞越远，肥硕的屁股和表面灰白色的翎毛在气流中柔软地波动。除了偶尔扬落一下翅膀，其余时间，它以失重的姿势滑翔。在成为一个点之前，不时还能听到它越来越模糊的啼叫声。在声响完全消失之后，我转身坐下，把随身携带的粉红色人造革小挎包拉到跟前，拉开隔层拉链，从中取出六节蓄满的电池。目耳她又睡着了，斜靠在篮筐边上，两手毫无意识地瘫落在身体两侧，嘴巴孩子气地微微张开。我把她稍稍扶正一些（她的脑袋晃了一晃，折向胸前），左手伸到她的后背和篮筐之间的空当处，撩起她的灯芯绒外衣，在金属的胸罩搭扣下方，大约两截手指宽度距离处摸到了比皮肤凉得多的嵌入式按钮，按下——这时篮底被一股横向的风吹得左右摇摆起来，手指一下滑到了腋窝下又被她斜侧过来的胳膊夹住了。等晃动平息后，我抽出手臂摸回凹槽，取下两节并置的电池，放到挎包另一侧的隔层底部，按回按钮，把目耳重新扶靠到篮筐边。做完这些后我咽下一大口口水，舌头滑动到牙床下后方时，碰到了破皮而出的一丁点儿牙尖，还只有米粒大小。为了让它长得更快些，我调整了一下面朝的方向，张开嘴，竭力吸收着夜晚来临前越来越稀薄的光线。眼珠似乎又有点儿卡住了，于是打了个呵欠，分泌出一些起润滑作用的泪液，随后抬起手臂，抹去少许沾上眼角的部分。

2006.10

图书在版编目（CIP）数据

新大陆 / 童末著 . -- 成都：四川文艺出版社，
2020.9
ISBN 978-7-5411-5726-4

Ⅰ . ①新… Ⅱ . ①童… Ⅲ . ①短篇小说—小说集—中
国—当代 Ⅳ . ① I247.7

中国版本图书馆 CIP 数据核字 (2020) 第 130491 号

XINDALU
新大陆

童　末　著

出 品 人	张庆宁
选题策划	后浪出版公司
出版统筹	吴兴元
编辑统筹	朱 岳　梅天明
责任编辑	陈雪媛
特约编辑	孙皖豫
装帧制造	墨白空间·黄 海
营销推广	ONEBOOK
责任校对	汪 平

出版发行	四川文艺出版社（成都市槐树街 2 号）
网 址	www.scwys.com
电 话	028-86259287（发行部） 028-86259303（编辑部）
传 真	028-86259306

邮购地址	成都市槐树街 2 号四川文艺出版社邮购部 610031
印 刷	北京天宇万达印刷有限公司
成品尺寸	130mm×210mm　　开 本　32 开
印 张	7　　　　　　　　　字 数　140 千字
版 次	2020 年 9 月第一版　印 次　2020 年 9 月第一次印刷
书 号	ISBN 978-7-5411-5726-4
定 价	45.00 元